結婚したけどつがいません
～アルファとオメガの計略婚～

Sachi Umino

海野幸

CHOCOLAT BUNKO

ILLUSTRATION 伊東七つ生

CONTENTS

結婚したけどつがいません
～アルファとオメガの計略婚～ 004
あとがき 286

人生初の見合いは十八歳の春。両親が商《あきな》う呉服店で扱っている着物の中でも特別上等な、緻密《ちみつ》に彩色の施された反物《たんもの》を新しく仕立て上げて臨《のぞ》んだのを覚えている。

少しでも相手に好ましく思ってもらえるよう、見合いの間中なけなしの愛想をかき集めて必死で笑みを作った。

思えば涙ぐましい努力をしていたものだ。今となっては無駄な足掻きとしか思えない。

初めて見合いの席に着いたあの日からもう九年。二十七歳になった暁生《あきお》は、五度目の見合いの席でふてぶてしくもそう思う。

庭に面した広い客間の中央には立派な座卓が置かれ、床の間に向かい合う形で暁生と父が座し、対面に見合い相手の伯母《おば》、部屋の入り口を背に仲人《なこうど》である老女が座っている。

縁側から望む庭は美しく広大だ。庭には大きな池があり、遠くで鹿威《ししおど》しが鳴っている。庭だけでなく屋敷も広い。玄関からこの客間に至るまで、何度廊下を曲がっただろう。室内に置かれた調度品もどれも上等で、暁生の父などすっかり委縮してしまっている。

一方の暁生に緊張はない。普段着よりいくらか上等な紺の着物に縞《しま》の帯という実に地味な出で立ちで、愛想笑いもせずに端座するばかりだ。

何しろ見合いも五度目である。挙句《あげく》、肝心の見合い相手がこの場にいないときている。

(すっぽかされたのは初めてだな)

ズズッと音を立てて緑茶をすすれば、向かいに座る見合い相手の伯母にじろりと睨まれた。父と同年代か。美人だか目つきが鋭く、最前からちらりとも笑みを見せない。隣に座る父親からも軽く肘で突かれたが意に介さず、分厚く切られた羊羹《ようかん》に竹串を刺して一口で頬張った。

晩生の実家である稲葉《いなば》家は祖父から三代続く大きな呉服店だ。離れのある実家はなかなか立派な方だと思っていたが、この宇津木《うつぎ》家とは比べるべくもない。

宇津木家は製糸、紡績工場をいくつも持ち、海外にも織物を輸出している資産家である。これほどの事業を一代で興したのが宇津木徳則《とくのり》。本日はその息子である和成《かずなり》との見合いにやって来たわけだが、待てど暮らせど当の和成は現れない。

かこん、とどこかで鹿威しが鳴った。霜月《しもつき》のよく晴れた空に響き渡ったその音は室内の沈黙を浮き立たせ、耐えきれなくなったように晩生の父が口を開く。

「そういえば、和成さんは今年の春から大学に通っていらっしゃるとか。ご優秀ですな」

「そうそう、医学部でお医者様を目指しているとか？」

仲人の女性も合いの手を入れるが、和成の伯母は「ええ、まあ」と気のない返事だ。和成本人だけでなく、宇津木家そのものが今回の見合いを歓迎していないらしい。

和成は二十歳の医大生。自分より七つも年下で、なおかつアルファだ。対する晩生は二十七歳。産むことに特化した性と言われるオメガだからぎりぎり縁談にこぎつけたが、やはり客観的に見れば釣り合いの取れない縁談なのだろう。

暁生は空になった湯飲みを座卓に戻す。約束の時間からすでに半刻も過ぎた。暇を告げてもいい頃合いか。相手にすっぽかされたという事実だけで十分破談は成立する。

それでは、と暁生が腰を浮かしかけたそのとき、客間の襖がすらりと開いた。

「遅れました」

室内に低く張りのある声が響き、全員の視線が部屋の入り口に向く。次の瞬間、は、と息を呑む音が周囲から上がった。

室内に入ってきたのは、背の高い洋装の男性だ。

父や仲人の女性はもちろん、暁生すら一瞬息を止めてしまった。珍しい洋装を着こなし、わずかに目にかかる前髪の下からこちらを見下ろす男性は見る者をたじろがせるほどの美貌の持ち主だった。

非常によくできた浄瑠璃《じょうるり》人形が異国の着物を着せられて自ら立っているかのようだ。肌はまさしく人形のように白く、筋の通った鼻は高い。目尻に長く墨を引いたような切れ長の目と、すっきりと形のいい唇が塩梅《あんばい》よく卵型の顔に収まっている。

白いシャツに黒のズボンを合わせた男性は座卓の前までやって来ると、暁生の向かいに腰を下ろして端正な仕草で頭を下げた。

「お待たせして申し訳ない。宇津木和成と申します」

これが暁生の見合い相手らしい。二十歳と聞いているが、年齢より落ち着いた物腰だ。

室内の全員の目を一身に受けながら少しも動じたところがない。

　感心しそうになったが、半刻も遅れてきたのだからもう少し悪びれてもいいのではないか。そんなことを思っていたら、隣に座っていた父に肘で軽く脇腹を突かれた。

「暁生、わかってるな。くれぐれも失礼のないように……！」

　口元を拳で隠し、俯いて咳をする振りで父親に耳打ちされる。

（もうすでにこちらが失礼をされているんだが？）

　釈然としない気分を押し殺して視線を前に戻せば、向かいに座る和成と目が合った。

　互いの視線が交差しても和成は目を逸らさない。しげしげとこちらを見るその目つきは、暁生を観察しているかのようでもある。

　和成が何を考えているのかわかる気がして、暁生も負けじとその顔を見詰め返した。

（どうせ俺が本当にオメガかどうか疑ってるんだろ）

　これまでの見合い相手も、暁生が現れると未知の食材を鼻先に突き出されたような顔をした。暁生の外見が世間一般のオメガ像からかけ離れているせいだ。

　オメガの特徴はなんと言ってもその外見だ。男女問わず抜けるように色が白く華奢《きゃしゃ》で、なよやかな体つきをしている。何より容貌がなまめいて美しい。ただぼんやりと立っているだけでも人目を惹く色香がある。その独特の雰囲気から、本人が隠そうとしてもオメガだと周囲に伝わってしまうことも珍しくない。

ところが暁生は、そうしたオメガらしい外見からかけ離れた見た目をしている。

暁生の身長は平均的な男性と同等か、少しばかり高いくらいだ。顔立ちも至って平凡。睫毛《まつげ》が長いわけでもなければ唇が赤いわけでもなく、顎のしっかりした無骨な男性ベータにしか見えない。常日頃、妹や女中たちと家事労働に勤《いそ》しんでいるその体は華奢どころか筋肉質で肌も浅黒い。オメガと名乗って疑われるのはもう慣れっこだった。

和成はそんな暁生をじっくりと見詰めてから、前置きもなしにこう尋ねた。

「二十七歳と聞いているが、その年でまだ生殖能力はあるのか？　ベータの女性なら初産は難しくなる年齢だと思うが」

父と仲人、和成の伯母ですら、うっ、と声を詰まらせたのがわかった。

ただ一人暁生だけが、凍りついた湖面のような無表情で和成の問いを受け止める。

男性オメガなんて子供が産めなければベータと変わらないのだからしっかり確認しておきたい気持ちもわかるが、それにしたって相手への配慮が欠片《かけら》も感じられない。

父、仲人、和成の伯母が俯いているのを尻目に、暁生は「さあ」と首を傾げる。

「どうでしょうね。俺はこれまで四回結婚して、四回とも子供ができず離婚されているので」

ヒッと父が喉を鳴らす。言うなとばかりに睨まれたが、事実は事実だ。

暁生が四度も離婚を言い渡された理由は、子供ができなかったという一点に尽きる。結婚しても一年間子供ができなければ夫側から一方的に離婚を言い渡されるのはオメガもベータの女性も一緒だ。妊娠するまでは籍すら入れてもらえない。暁生の場合も籍は入れていなかったので、正しくは婚約を破談にされた形だが、世間的には結婚して出戻ったとみなされている。

父親はどうにかこの縁談をまとめて暁生を玉の輿に乗せたかったようだが、暁生としてはこの場で破談になってくれた方がいい。

暁生は六人兄弟の次男坊だ。男兄弟は三人で、長男が家業を継ぎ、三男も近く婿入りをする予定である。二つ年下の妹はすでに嫁ぎ、さらに下に十七と十五の妹が二人いる。

暁生は次男だが、扱いとしては娘と同じだ。

十二歳でバース検査を受けるまで、暁生は自分を男だと認識していた。家は長男が継ぐと決まっていたので、次男である自分は少しでも実家の利益になる家に婿入りしなければと考えていたが、お前はオメガだと告げられてから生活が一変した。

兄と同じく高等学校に進学するという話はなかったことになり、外出を制限され、母屋で暮らすことすらできなくなった。父や兄弟、家に出入りしている職人と間違いがあってはいけないからと、敷地内に建てられた離れに一人押し込まれたのだ。家族の中にアルファはいないし、間違いなんて起こるはずもないという暁生の訴えも聞き入れず。

オメガに生まれたからには、たとえ外見の性別が男性だろうとアルファと結婚するしか生きる道はない。年に数度のヒート期間中は色欲で理性を失い、一週間近く外にも出られなくなってしまうオメガにまともな仕事などできるわけもないからだ。

輿入《こしい》れの際はいつだってオメガに生まれてしまったことを恨み、それでも他に生きる道はないからと無理やり自分を納得させてきた。

そうしてしぶしぶ嫁いだ先では、同じオメガなら女の方が良かったと虐《しいた》げられ、使用人のように働かされ、子供ができないとなればすぐさま実家へ追い返される。

こんな理不尽に、十年近く耐えてきた。もうたくさんだ、と暁生は座卓の下で拳を握りしめる。いい加減結婚と出戻りを繰り返す生活から解放されたい。

(できることならこの人に、この場で破談宣言をしてもらおう)

暁生は睨むような目で向かいに座る和成を見詰める。

喧嘩腰の見合いの開幕を告げるように、庭で鹿威しが高らかに鳴り響いた。


男女の性別とは別に『第二性』という概念が日本に入ってきたのは開国直後。かれこれ二十年近く前のことになる。

第二性はアルファ、ベータ、オメガの三つに分類される。耳慣れない異国の言葉は、しかし甲乙丙などとわかりやすい日本語に置換される暇もなくあっという間に世に浸透した。

国内の華族や政治家などの有力者たちが、あらゆる手段を使って第二性を世に定着させようと奮闘したからだ。

しかしそんな言葉が伝わる前からオメガだけは身近に認知されていた。定期的に発情し、その期間は色に狂って誰彼構わず閨《ねや》に引きずり込もうとするオメガは嫌でも人目を引くからだ。中でも男性オメガは際立って目立つ。男体ながら妊娠するのだから当然だ。

オメガという言葉が流入してくるまで、オメガは色情狂、中でも男性オメガはふたなりなどと呼ばれ、村に一人や二人はいる存在として一応は認識されていた。

一方のアルファだが、女体に男性器がついている女性アルファも以前から認知はされていた。多くは男性として育てられ、初潮の訪れでアルファとわかることがほとんどだ。アルファという名称がない頃は、こちらも男性オメガと同じくふたなりと呼ばれていた。

もっとも認知が遅れたのが男性アルファである。

外見は男女の性と第二性が一致しているためベータと見分けがつかない。定期的なヒートもない。他と違いがあるとすれば、アルファには優秀な人間が多いということぐらいだ。頭の良さはもちろん、体格にも恵まれている。女性アルファでさえ一般男性より体格がいい。その優秀さゆえに、上流階級の人間や事業家にアルファが多いのも特徴だ。

見目も家柄もよく、本人の能力も優秀。そんなすべてに恵まれたアルファが唯一制御不能になるのが、オメガを前にしたときである。

オメガはヒート中、フェロモンを発散する。ベータには感じ取れないそれが、アルファにはひどく甘美な匂いとして感知されるらしい。そしてその匂いを感じたが最後、アルファもまたヒートに突入してオメガに襲い掛かってしまう。

第二性はおろかフェロモンの存在もわかっていなかった頃、世間が色情狂やふたなりと呼んで蔑む存在に異常な執着を見せるアルファは、悪趣味な異常性欲者とみなされた。

アルファ本人も苦悩したことだろう。理性で自分を制御することができないのだから。その家族もまた、普段は温和で理性的な家人がオメガに襲い掛かってしまう事実を世間から隠そうと躍起《やっき》になった。おかげでアルファ男性の異常な行動は秘密裏に処理され、広く世に知られることが少なかったのだ。

そこに現れたのが、第二性という概念である。

アルファは優秀な血統であり、オメガに惹かれるのはアルファの証明である。

その事実は、家族にアルファを持つ上流階級の者たちにとってまさしく光明だった。

これを一刻も早く世に浸透させるため、彼らは新聞で連日これを大々的に公表。市井《しせい》の人間の興味を引くべく落語や歌舞伎にもアルファとオメガの悲恋話を取り入れさせ、あっという間にアルファ、オメガ、ベータといった言葉を世に定着させた。

さらに小学校卒業時には第二性を特定するバース検査が義務づけられ、オメガと判定された者はアルファに嫁ぐことが暗黙の了解となった。

アルファとオメガが結婚する場合、ベータ同士のそれとは違う手続きを一つ踏むことになる。戸籍の移動に加え、互いにつがいとなる必要があるのだ。

つがいはヒート中、アルファがオメガの項《うなじ》を噛むことで成立する。つがいを得たオメガはフェロモンが変質し、つがい以外のアルファに一切のフェロモンが効かなくなる。

つまりすべてのオメガにつがいがいれば、アルファが町でうっかりオメガと遭遇しても、フェロモンに惹かれて襲い掛かる心配はなくなるというわけだ。

アルファの側も、つがいがいれば他のオメガのフェロモンに反応しにくくなるとされている。実際はつがいがいても他のオメガを襲ってしまうアルファが後を絶たないのだが、気休めでも早めに伴侶をあてがっておきたいのが家族の本音だろう。

ちなみに、過去四度アルファに嫁いだ暁生は純潔こそ失っているものの、未だつがいにはされていない。一度つがいを持ったオメガは二度と別のアルファとつがうことができなくなるので、結婚しても妊娠するまでは項を噛まないのが慣例だ。

とはいえ四度も出戻っている暁生が五度目の見合いに臨むことができたのは、オメガの希少さによるところが大きい。

世界的に見ても人口が一番多いのはベータで全体の八割を占める。続いてアルファ、最後にオメガ。オメガは人口の一割にも満たない。

アルファの数がオメガを上回っているだけに、上流階級の人々は常にオメガを求めている。それで暁生にもこれほど好条件の見合いが持ち込まれるわけである。

しかしあと二月もすれば年が明け、暁生も数えで二十八歳になる。この縁談が破談になれば、さすがにもう声はかからないだろう。

今日暁生は、人生最後の仕事に挑むつもりで宇津木家までやって来た。

そしてどうやら、事態は暁生の望む方向に動いているらしかった。


鹿威しの音が青空に溶けていく。その余韻が完全に消えるのを待って、暁生は正面切って和成に尋ねた。

「半刻も遅れていらっしゃったということは、和成様は今回のお見合いにご不満がおありで？」

「こ、こら、暁生……！」

青い顔で叱責してくる父親を暁生は一顧《いっこ》だにしない。和成も暁生から目を逸らさず、眉一つ動かすことなくこう返した。

「不満というなら、こうして見合いに時間を割かれるのが不満だ。俺はオメガと結婚するつもりはない」

今度は父と仲人の女性が息を呑んだ。和成の伯母はと見れば、こちらは頭痛を堪えるような顔で眉を寄せている。和成を止める素振りもないところを見ると、端《はな》から和成にオメガと結婚する気がないことを知っていたのかもしれない。

そういうことなら話が早い。とっとと相手に「帰れ」と言わせてしまおう。

「でしたらこのような場を設けず、ご家族にそうお伝えすればよかったのでは？」

「無理だ。大学に通いたければ定期的にオメガと見合いをしろと父から言い渡されている」

「ならせめて時間通りに来てください。こちらこそ時間を無駄にされていい迷惑です」

これに反応したのは和成ではなく、伯母の方だ。「なんて失礼な」と怒りで顔を赤くしている。莫大《ばくだい》な富を築いた宇津木家から見れば、稲葉家など吹けば飛ぶような小さな呉服屋だ。格下相手にこんなことを言われれば腹も立つだろう。

わざと相手の神経を逆撫でした自覚はある。あとは和成が怒りに任せて座卓でも蹴り上げてくれれば晴れて見合いも終了だ。

しかし和成は逆上するでもなく、静かに暁生を見詰めて動かない。

表情のない顔はますます人形めいて、無機物に見詰められているような気分になる。相手の感情がまるで読めないことに怯《ひる》んで、暁生は小さく咳払いをした。

「こうしている時間が無駄なのでしょう。もう切り上げていただいても……」

「いいのか？」

言葉尻を奪うように尋ねられ、もちろん、と頷こうとしたら隣に座っていた父親に腕を摑まれた。そちらに目を向ける間もなく、和成の言葉が耳を打つ。

「今回の縁談は、お前の父親からどうしてもと頼み込まれたものだ。こちらは何度も断ったが、土下座までされたものだからどうにか時間を空けて足を運んだんだが」

初めて耳にする話に、そこまでしたのか、と内心呆れた。親としてはどうしても暁生を嫁がせたかったのだろうがと嘆息したところで、和成にとんでもないことを言われた。

「今回の見合いが破談になれば、お前は女郎屋に売られるんだろう？」

縁談の席には似つかわしくない言葉が飛び出して、和成の伯母と仲人が息を呑む。暁生もとっさに返事ができず、一拍遅れて憤怒で顔を赤くした。

「うちはそこまで困窮してませんけど⁉」

製糸、紡績工場をいくつも持っている宇津木家から見れば取るに足らないものかもしれないが、暁生の実家は三代続く大店だ。そこまで落ちぶれていないと言い返そうとしたら、暁生の腕を摑んでいた父の手に痛いほど力がこもった。

そちらに目を向けた暁生は、俯いた父の額に脂汗が浮いているのを見て言葉を失った。

和成の暴言にも何も言い返さず肩を震わせるその姿を見て、まさか、と掠れた声で呟く。

和成はそんな親子の姿を眺め、淡々とした口調で言った。

「すでに母屋《おもや》が抵当に入っているんだろう？　オメガの息子を嫁がせるから、早急に結納《ゆいのう》金を用意してほしいと泣きつかれたと聞いているが」

暁生は和成に目を向けるのも忘れ、項垂《うなだ》れる父親に詰め寄る。

「ほ、本当に？　兄さんはこのこと知ってるの？」

父はぐっと唇を噛んだ後、仲人や和成の伯母の耳を気にしたように低い声で答えた。

「もちろん、知ってる」

「均《ひとし》は？」

弟の名前を出すと「教えてある」と返された。

「でも、妹たちは何も……」

一緒に暮らしている妹二人は、今日も「兄さま、行ってらっしゃい」と笑顔で自分を送り出してくれて、とても家の窮状を知っているふうではなかった。

「……娘たちには言ってない。言っても仕方ないだろう」

その言葉を耳にした瞬間、暁生の体の奥で固く結ばれていた何かが音を立てて切れた。

（だったら、俺は？）

息子には家の一大事を伝えるが、娘には伝えない。自分も伝えられていないということは、息子扱いされていなかったということか。

わかっていたが、改めてその事実を突きつけられてへなへなと体から力が抜けた。

男なら、辛いことにも耐えなければとずっと思ってきた。

同じ男に組み伏せられるなんて屈辱でしかないが、家のためなら歯を食いしばろう。新しい婚家に行くたび虐げられても弱音は吐くまい。だって自分は男だ。第二性はオメガでも、生まれた瞬間の最初の性は確かに男だったのだから。

そうやって自分を無理やり納得させて、暁生をぎりぎりこの場に踏みとどまらせていた太い縄のようなものが、ぶっつりと切れた。

自分はあの家で男扱いなどされていない。のみならず女郎屋に売られそうになっている。必死でしがみついていた命綱が引きちぎれて宙に投げ出されたような、そんな衝撃に次いで襲ってきたのはひどい虚脱感だった。

みぞおちをきつく締め上げていた帯がゆるゆるとほどけていくようで姿勢を正していられない。花がしおれるように背中を撓《たわ》めた次の瞬間、背筋を悪寒が駆け上がった。

「あ……っ」

まずいと思ったときにはもう、心臓がどっと大きく脈打っていた。続けざまに激しく心臓が跳ね、暁生は着物の胸元を握りしめる。

いち早く異変に気づいた父が、ハッとした顔で暁生の体を支える。

「暁生、まさか……ヒートか？」

耳元で囁かれ、歯を食いしばって頷いた。

個人差はあるが、オメガのヒートは大体三か月に一度の周期でやってくる。そろそろ来る頃だとは思っていたが、予定では一週間近く先だったはずだ。

周期には多少ずれがある。普段ならヒートの一週間前から家にこもっているのだが、今回は両親に押し切られて縁談に臨むことになった。ヒートが終わってからにすればいいのにと思っていたが、それほど実家の経済状況が逼迫《ひっぱく》していたということか。

全身が火照《ほて》って、着物の下に熱気がこもる。それでいて体の芯は冷えきって震えが止まらない。あっという間に息が上がり、まともに座っていられず父親の肩に凭《もた》れかかる。

仲人の女性も異変に気づいたらしく、うろたえたような声を上げた。

「いけない、和成さんは外に出なさい。アルファにオメガのフェロモンは毒でしょう」

父親に背中を支えてもらいながら、暁生は座卓の向こうに座る和成に目をやる。

和成は先程見たときと同じく端座して、暁生を見詰め微動だにしない。その顔には相変わらず表情がなく、興奮している様子もない。とてもヒート中のオメガを前にしたアルファには見えなかった。

それを見た伯母は表情を強張らせ、険しい表情で暁生を睨みつけてきた。

「まさか貴方《あなた》、本当はオメガではないのではなくて？」

ぐったりして声も出せない暁生に代わり、父親が「違います」と弁解してくれた。

「でしたらどうして和成さんはあんなにも平然としているんです？　フェロモンが出ているならとっくに襲い掛かっているはずですよ」

「違うんです、この子はもともとフェロモンの量が少ないんです」

「いいえ、最初からおかしいと思ってました。こんな儚《はかな》くもなければ美しくもない、無骨な見た目の殿方がオメガなわけがありませんもの！」

なんだか散々な言われようだが、腹を立てるだけの気力もない。こうしている間もどんどん熱が上がっていくのがわかる。喉が腫れ、気道がふさがれたようで苦しい。熱で頭はくらくらするのに、体の芯は冷たくて凍えそうだ。

腫れぼったい瞼を閉じ、ヒューヒューと喉を鳴らして必死に呼吸を繰り返していたら、それまで耳の上を飛び交っていた口論がぴたりとやんだ。唐突な静けさを不思議に思って薄く目を開けると、目の前に和成の顔があった。いつの間に移動したのか暁生の前に膝をつき、じっくりとこちらの様子を観察している。

「ど、どうなの和成さん！　やはりその方はオメガではないの？」

和成は伯母の言葉に即答せず、大きく深呼吸をしてから口を開いた。

「いいえ、オメガでしょう」

えっ、と言葉を詰まらせた伯母に目を向けることもなく和成は続ける。

「ただ、フェロモン量が少ないというのは本当ですね。あまり匂いを感じません。こういう香り方をするオメガは初めて見ました」

暁生の目を覗き込み、和成が初めて表情を変えた。

「面白いですね」

そう言って和成は笑った。それもアルファがオメガを嘲《あざけ》るときのような嫌な笑い方ではない。子供が葉陰で蝶々を見つけたような無邪気な笑みだ。

能面のようだった和成の顔に浮かんだ笑みに面食らう。何が面白いんだ、と熱でぼやける頭で考えていたらふいに腕を引かれ、和成の広い胸に抱きとめられる。

「か、和成さん！　そんなことをして大丈夫なの⁉」

浮遊感に襲われると同時に、伯母の悲鳴じみた声が耳を打った。爪先が地面を離れる感覚に目を瞬かせ、ようやく和成に横抱きに抱き上げられていることに気がつく。

「問題ありません。このままでは彼も辛そうなので、少し離れで休ませましょう」

「そ、そんなことをして、間違いでもあったら……！」

「本当ですか！　我が家としてはそうしていただけると大変ありがたい！」

伯母の声を遮ったのは暁生の父だ。父としては暁生と和成の間に間違いがあった方が破談になるよりずっといいのだろう。「貴方、正気ですか！」「これも何かのご縁ですから！」などと言い争う伯母と父の声が遠ざかる。

和成に抱き上げられた体がゆらゆらと揺れるが、逞しい腕がしっかりと自分を支えてくれているので怖くはない。脱力して胸に凭れかかれば仄かに甘い匂いがした。妹が持ち歩いている匂い袋に似ている。鼻先を近づけてようやく香るような、優しい匂いだ。

「アルファの匂いがするか？」

歩きながら尋ねられ、暁生は慌てて和成の胸から顔を背けた。

「し、つれい、しました……はしたない真似を」

「構わない。それより、お前はアルファの匂いを感じとることができるのか？　お前自身のフェロモン量はかなり少ないようだが」

咎《とが》めるでもなく質問を重ねられ、暁生は重たい唇を必死で動かす。

「匂いは、感じます……。でもあまり、強くは感じないというか……アルファの匂いを嗅いでも、甘い匂いだな、と思うだけで……他には……その」

「性的興奮は掻き立てられないということか？」

暁生が言いよどんでいた言葉をあっさりとすくい上げ、「なるほどな」と和成は呟く。

しばらくすると和成が玄関から外に出て、冬の乾いた風に頬を打たれた。戸惑う胸の内を見透かされたように「離れに向かっている」と告げられて体の力を抜く。

しばらく歩き、敷地の隅にある小さな平屋にやってきた。周囲を生垣に囲まれているため母屋から中の様子は見えないようだ。平屋の前にはごく小さな畑もあった。

「ここは今、研究室として俺が使っている離れだ。結婚すれば伴侶もここで暮らすことになる。母屋には父と兄夫婦がいるからな。それからまだ小さい甥《おい》たちも」

離れの入り口を潜った先は広い土間だ。奥には煮炊きに使うのだろう竈《かまど》もある。土間を横切った和成は上がり框《かまち》を上り、手前にある左手の襖を開けて中に入った。

六畳ほどの部屋には布団が敷かれたままになっていて、和成はそこに暁生を寝かせると「湯を沸かしてくる」と部屋を出ていった。

「話はできるか。何か必要なものは？」

しばらくして戻ってきた和成に顔を覗き込まれ、暁生はぼんやりと瞬きをする。

「特には……。車夫を呼んでもらえれば、すぐにでも帰れます」

「そちらは伯母たちが手配しているだろう。予定外のヒートか。どんな症状だ？」

まるで医者の問診のようだと思いつつ、「熱と、倦怠感《けんたい》です」と素直に答える。

「それから、少し息が苦しいです……」

「辛そうだが、症状は風邪とそう変わらないな。オメガはヒート中、理性を失い言葉も解さなくなると聞いていたんだが」

「……こうしてオメガと接するのは初めてですか？」

和成は枕元に胡坐《あぐら》をかくと、膝に頬杖をついて「ヒート中のオメガと接するのは初めてだ」と答えた。

「何度かオメガと見合いはしたが、二回以上会ったことはない。それより、こうしてまともに話ができるのはまだヒートに入ったばかりだからか？」

暁生を心配しているというより興味を掻き立てられている様子でらんらんと目を光らせる和成を見て、なるほど、と妙に納得した。

（眉目秀麗《びもくしゅうれい》で優秀だけど、だいぶ変な人だぞ。この人）

どうして和成のような将来有望なアルファが年の離れた男性オメガと見合いをしてくれたのだろうと不思議だったが、アルファの中でも和成は、ちょっとした変わり種らしい。

しかし興味本位だろうとなんだろうとこうして布団まで貸してもらっているのだ。暁生は胸を喘がせながら、礼のつもりで質問に答える。

「俺の場合はヒート中、大体ずっとこんな感じです。熱が出て、息が苦しくなって……でもそれだけです。会話はできますし、淫らな気分にはなりません。だから、嫁ぎ先では本当にオメガなのか、何度も疑われました」

目を開けていられず苦しい息の下から喋っていると、急に瞼の裏が暗くなった。日でも翳《かげ》ったかとぼんやりと目を開ければ、すぐ目の前に和成の顔が迫っていた。

硬直する暁生の耳元に顔を寄せ、すん、と和成は鼻を鳴らす。

「でもお前はオメガだろう。甘い匂いがする」

まるで洗濯物が乾いたかどうか指先で触れて確認するような自然さで暁生に鼻先を寄せた和成は、けろりとした顔でまた身を起こす。

息が止まるほど整った顔が急に近づいてきてどぎまぎしたものの、どうにかそれを顔に出さないよう、暁生は枕の上で首だけ巡らせて和成から顔を背けた。

「嫁ぎ先でも夫からよく言われました。微かにオメガの匂いはするけれど、欲情するほどではないと。しかも俺は男のオメガで、こんな見た目ですし……」

夫たちは口を揃えて「お前はベータの男にしか見えない」と言い放ち、初夜の後はほとんど床を共にすることもなかった。性交渉自体少なかったのだから妊娠などするわけもなく、婚約と破談を繰り返してきたというわけだ。

「オメガにもいろいろと個体差があるわけだな」

感心したように呟いて、和成はのっそりと立ち上がる。それきり何を言うでもなく部屋を出て行った和成を目で追い、暁生は喘ぐように大きく息を吸った。

無理やり会話を続けていたが、かなり呼吸が苦しい。体の芯も冷たいままだ。小さく歯を鳴らして寝返りを打ったところで和成が戻ってきた。

室内に青臭い匂いが立ち込め、何事かと首を巡らせれば和成が片手に湯飲みを持っていた。枕元にそれを置き、暁生の背中に腕を差し入れて抱き起してくる。

「熱がひどいな。これを飲め、少しは症状がよくなるはずだ」

暁生を自分の胸に凭れかからせ、和成が湯飲みを差し出してくる。

「薬湯だ。俺が大学で研究している解熱剤だが、ヒートにも効果があるか調べたい」

「……貴方が作ったんですか？」

「人体に害はない」

和成は迷いのない声で断言する。怯んだのは一瞬で、暁生は覚悟を決めて湯飲みを受け取った。一口すすり、ぐぅ、と呻く。

「苦いです……」

「良薬の証だな。すべて飲みきってくれ」

苦くて、えぐくて、ともすればえずいてしまいそうだったが、言われた通り湯飲みに半分ほど入れられた薬湯を飲み切った。

「よし、このまま少し横になれ。そのうち効いてくるだろう」

和成は暁生にしっかりと布団をかけ直すと、枕元に積み上げられていた書物を一冊取り上げ膝の上に広げた。たちまち暁生の存在など忘れた顔になって本に没頭し始める。

（……看病してくれてるつもりか？）

ヒートを起こしたオメガを看病するアルファなど聞いたこともないが、襲われるよりずっとましだ。暁生は天井を見上げ、努めて深く息を吐いた。

（まずはこれからのことを考えないと）

父の様子を見る限り、家業が傾きかけているのは事実のようだ。自分が女郎屋に売られるのも本当らしい。

オメガを伴侶に求めるアルファが多いとはいえ、すべてのオメガが縁づけるわけでもない。貧しい家に生まれ、女郎屋に売られるオメガの末路は悲惨だ。体質的に妊娠しやすく、避妊も難しい。劣悪な環境で出産を繰り返し、多くが年期明けを待たずに命を落とす。

女郎屋に売られるのだけはどうにかして避けたい。考えられる手立ては和成と婚約することくらいだが、見合いの席ではさんざん失礼なことを口にしてしまった。和成自身オメガと結婚する気はないと明言しているし、望みは薄い。

溜息をついたら、和成が書物から目を上げた。

「どうした、寒いか？」

いいえ、と反射的に答えてから、骨の芯が凍りつくほどの寒気が引いているのに気づいた。

「大丈夫そうです。普段はなかなか寒気が治まらないんですが」

「ん？　ヒートの最中はいつも寒気がするのか？　待て、きちんと記録を取らないと」

「そんな記録を取ってどうするんです」

「ヒート中の症状に興味がある。それから薬効についても聞かせてくれ。改善の余地がないか検証したい」

和成が慌ただしく筆記具を手元に引き寄せる。下手な子供より知的好奇心が旺盛《おうせい》な和成に呆れ交じりの目を向けていた暁生は、待てよ、と表情を改めた。だとすれば、和成につけ入る隙もあるのではないか。

「それで、薬の効果は？」

筆記具片手に和成がこちらを覗き込んでくる。迷っている暇はない。

和成を見上げ、暁生はきっぱりとした口調で言った。

「和成様、俺と結婚してくれませんか」

　そう告げた途端、子供っぽい好奇心が滲んでいた和成の表情が一瞬で褪めた。筆記具を放り出し、「オメガと結婚する気はない」と冷ややかに言い放つ。

　取りつく島もない態度に怯んでしまいそうになったが、ここで引き下がったら女郎屋行きだ。布団の下で拳を握りしめて懸命に続ける。

「夫婦になるのは振りで構いません。俺のことは人体実験の道具として扱ってもらえれば結構です。妻としてではなく、うっかり殺《あや》めても内々に処理できる手軽な被検体として俺をそばに置いてもらえませんか」

　突如出てきた不穏な言葉に虚をつかれたのか、和成が軽く目を見開いた。その表情から拒絶の色が薄れたのを見逃さず、一気に畳みかける。

「そうすれば和成様は無駄な見合いで時間を潰されなくてよくなりますし、俺も女郎屋行きを免れます。その代わり、どんな薬でも飲みます。それで死んでも構いません」

　暁生はふらつく体を無理やり起こすと布団を出て、畳に手をつき「どうかお願いします」と深く頭を下げた。

「本気か？　とんでもない覚悟だな。そんなに女郎屋に売られるのが嫌か」

　暁生は顔を上げると、当然だ、と胸の内でだけ吐き捨てた。

「たとえヒート中は抱かれることに抵抗がなかったとしても、ヒートなんて三か月に一度、たった一週間しか訪れません。それ以外の時間は地獄です。それにヒート中は意識が飛んでいるだけで、ひどく抱かれれば体に負担がかかります」

「お前もヒート中は意識が飛ぶのか？」

「いいえ、俺の場合はヒート中もしっかり意識があります。普通の娘が女郎屋に売られるのと同じですよ。オメガだからって喜んで女郎屋に行くとでも思いましたか。むしろ相手に困らないからいいだろう、とでも？」

　和成は短く沈黙して、「いや」と首を横に振った。

「オメガならいくらか利があるのでは、と考えていたが、浅慮だったな。すまん」

てっきり反論されるかと思っていたのに、謝罪が返ってきて肩透かしを食らった。自分の方がいささか喧嘩腰すぎたかと反省する。

「俺こそ興奮して……すみません」

「いい。それより、もし俺と結婚したらお前はどんな見返りが欲しいんだ？　命まで懸けるんだ。相応なものが必要だろう」

　予想外の質問に面食らう。こちらとしては女郎屋行きを阻止さえできれば十分なのだが。

「そ、そうですね……実家のことがありますし、結納金を弾んでくだされば……」

「それはお前の家に対する見返りだろう。お前自身に何か望みはないのか？　この家に嫁いだ後、お前はここで何がしたい」

かつてない質問に目を泳がせる。嫁ぐことは暁生にとって日一日を我慢してやり過ごすことであって、したいことなど考えたこともなかった。

うろうろと視線を動かし、暁生は枕元に積み上げられていた書物に目を留める。

「……だったら俺は、本が読みたいです」

まだオメガだと発覚する前は、兄のように自分も進学できるものだと思っていた。もっとたくさん勉強がしたい、と期待に胸を膨らませていたあの頃のことを思い出して呟けば、和成に「本なんて読むのか？」と尋ねられた。

オメガなのに？　と続きそうな言葉にむっとする。

ヒート中は獣のようによがり狂うオメガを、元来の知能が低いとみなす向きは多い。そのせいで、第二性が判明したとたん多くのオメガは進学の道を閉ざされる。

「オメガだって文字の読み書きくらいできます。この部屋にあるような難しい本だって、教えてもらえる機会さえあれば読めるようになっていたはずなんです」

暁生は膝の上で固く手を握りしめ、声が震えてしまわぬよう喉に力を込めた。

「俺だって本当は高等学校まで行きたかったけれど、オメガだからと止められたんです。貴方がアルファってだけで結婚する気もないのに次々見合いを勧められるのと一緒です。オ、オメガだからって、馬鹿にしないでください……！」

喋っているうちに興奮して、声が上ずってしまった。目の周りに熱が集まって、視界が潤んでいくのを止められない。少し休んで症状が治まっていたので気を抜いていたが、やはり今はヒート中なのだ。普段より感情が波立ちやすい。

これ以上醜態《しゅうたい》をさらさぬよう唇を噛みしめたら、頬杖をついていた和成が目を見開いて、慌てたように身を乗り出してきた。

「違う、そういう意味じゃない。うちの家族は揃って本を読まなくて、本に囲まれて暮らしている俺を変人扱いするばかりだ。好んで本を読む人間が身近にいなかったから驚いただけで、お前を馬鹿にしたわけじゃない。勘違いさせてすまなかった」

膝に両手を置き、ガバリと頭を下げた和成に驚いて涙が引っ込んだ。

これまで出会ったアルファたちは傲慢《ごうまん》で、いつもオメガの暁生を下に見ていた。こんなふうに素直に頭を下げてくるアルファは初めてでまごついてしまう。

「い、いえ……俺こそ、早とちりをしてすみません……」

和成が上体を前傾させたまま顔だけ上げる。瞬きもせずこちらを見詰める和成の顔には相変わらず表情がない。何か観察するような、これは研究者の眼差しか。

「するか？　結婚」

まっすぐな視線を受け止めるので精いっぱいで、一瞬和成の言葉を聞き逃しかけた。え、と吐息だけで返事をすれば、和成がようやく顔だけでなく体ごと起こした。

「ヒート中にこうしてまともに会話ができるオメガがいるなんて初めて知った。多少のフェロモンは感じるが、俺もこの通り理性を手離さずにいられる。貴重な被検体だ」

和成の言葉がじわじわと頭にしみ込んできて、暁生は勢い身を乗り出した。

「本当に俺と結婚してくれるんですか……！」

「ああ。だが性交渉はしない。俺は子供を作りたくない」

「奇遇ですね。俺もです」

ほとんど反射的にそう返していた。

オメガに生まれたからには仕方がないと長年自分に言い聞かせてきたが、本音ではずっとそう思ってきた。オメガなら子供を産むのが当然という考えを、オメガでもない外野から押しつけられるのは業腹《ごうはら》だ。

即答すれば、硬かった和成の表情が緩んだ。

「俺もアルファというだけでオメガと結婚するのが当然と周囲から決めつけられることにほとほと嫌気がさしていたんだ。アルファとオメガならどんな相手でもつがいになれるなんて乱暴な話だと思わないか？　人間はそんなに単純なもんじゃないだろう」

「それなのに、オメガの俺と結婚してしまっていいんですか……？」

和成の考えとは真逆の行動ではないか。こちらとしては願ってもない申し出だが、その真意がわからない。二の足を踏んでいると、和成が唇を綺麗な弓なりにした。

「アルファとオメガが結婚して、同じ屋根の下で暮らしながら子供を作らず、挙げ句立派に添い遂げたりしたら、周りをとんでもなく驚かせることができると思わないか？」

にやりと笑った和成の顔は、悪戯《いたずら》をしかける子供のそれとそっくりだ。そういえば和成は自分より七つも年下だったかと今更のように実感する。

「オメガとアルファを無理やり結婚させても子供を産むとは限らない。そういう前例を作ってやろう。アルファだからオメガと結婚すべきとか、オメガだから子供を産まなければ意味がないなんて言う連中がいなくなるように」

どうだ、と悪い顔で和成が笑う。気がつけば、暁生も同じような顔で笑っていた。

「いいですね。周りに一泡吹かせてやりましょう」

結婚しても性交渉なし、妊娠しなくても離縁なしで添い遂げるなんて、ベータの男女間だってそうそう成し遂げられないことだ。しかもそれを、結婚前に互いに了承し合うなんてほとんど前例はないだろう。

和成は満足げに笑うと、傍らの布団を軽く叩いた。

「話もまとまったところで、お前はもう少し横になっておけ」

「いえ、俺はもうお暇を……」

「無理するな。まだ息が苦しそうだぞ」

会話の最中は乱れる呼吸を必死で整えていたのだが、上手く隠せていなかったらしい。

「少し休んで、落ち着いてから帰ればいい」

言われるまま布団に潜り込めば、その上から軽く肩の辺りを叩かれる。

子供を寝かしつけるような手つきで布団を叩かれるたび、優しい甘い匂いがした。布団に匂い袋でも入れているのか。それともこれは和成の匂いか。

和成の匂いはつまり、アルファの匂いだ。ヒート中にこんなに近くにアルファがいるのになぜか緊張しない。むしろ強張っていた関節がどんどん緩んでいく。多少は暁生のフェロモンに影響されているだろうに、和成がまったく性的な目を向けてこないせいだろうか。こちらの話を一方的に斬り捨てず、きちんと耳を傾けてくれる人だったからかもしれない。思えばヒート中に看病をしてくれる人自体初めてだ。

どこかで鹿威しが鳴っている。遠い空に溶けていくその音を聞いているうちに、暁生はゆるりと眠りに落ちていた。

＊＊＊

宇津木家の離れで少し休ませてもらい、症状が落ち着いたのを見計らって自宅に戻ったその翌日、暁生は本格的なヒートに入った。

ヒート中は自宅の離れで過ごす。宇津木家の離れと違い、暁生がオメガと判明してから大急ぎで作られたそれは小さく簡素で、一見すると茶室の隣に据えられた水屋のようだ。

隙間風の吹き込む離れに引きこもり、ようやくヒートが終わって外に出たと思ったら両親から耳を疑うような言葉をかけられた。和成との縁談がまとまったので、すぐにも宇津木家へ向かえと言う。まさかこれほど早く話が進むとは思っていなかっただけに驚いた。

だがもっと驚いたのは、再び宇津木家を訪れた後のことだ。

先方の気が変わらないうちにとヒートが終わるなり家を追い出された暁生は、一人宇津木家の門をくぐった。まずは家族への挨拶か、せめて女中頭との顔合わせはあるだろうと想定していたのだが、手回り品だけ持ってきた暁生を迎えたのは、離れの前で待ち構えていた和成一人だった。

和成は前回と同じく白いシャツに黒いズボンという洋装で、今日はその上から黒の外套を身にまとっていた。

「よし、行くぞ！」

暁生の顔を見るなりそう言い放った和成は、暁生に竹籠をくくりつけた背負子《しょいこ》を押しつけてきた。蓋のついた籠の中身はわからなかったが、背負ってみるとずしりと重い。

和成は同じものを持ち、家の前で待機させていた馬車に暁生ともども乗り込んだ。

その後、一刻程馬車に揺られてやって来たのは鬱蒼《うっそう》と木々が茂る山の前だ。

「……ここは？」

「山だ」

そんなわかりきったことではなく、なぜこんな場所に連れてこられたのか教えてほしかったのだが、和成はそれ以上の説明もなく山に入ってしまう。

「山菜でも採りに来たんですか？」

「そんなようなものだ」

「嫁いだばかりなのに、ご家族の方に挨拶などしなくて良かったんですか？」

「構わん。それより今はこちらの方が大事だ」

山に入るのがそんなに重要なことなのか。まったく理解できなかったが、もうここまで来てしまったのだ。一人帰るわけにもいかず和成を追いかける。

「山にはよく来るんですか？」

「ああ。大学に通うより山にこもっている方が多いこともあるぞ」

なぜそんな無意味なことを、と危うく口から漏れかけた。最近の医学生は山ごもりでもして医術の技を磨くのだろうか。そんなわけもないのでやはり和成は変人なのだろう。

（変人に嫁ぐっていうのはこういうことか……）

半ば諦めの表情を浮かべ、暁生は和成の背中を追いかけ黙々と山を登る。

時刻は正午を過ぎたところだと思われるが、木々が頭上を覆っているせいで山の中は薄暗い。師走《しわす》に入って空気はすっかり冷たくなり、山全体が氷室《ひむろ》のようだ。地面も硬く凍りつき、草鞋《わらじ》の底から刺すような冷気が伝わってくる。

山の中にうっすら残る獣道を辿って歩き続けていたら、和成がふいに足を止めた。そのまま道を外れ、がさがさと下草をかき分けて山の奥へ入っていってしまう。

「か、和成様?」

追いかけようとすると、「お前はそこにいてくれ!」と声を張り上げられた。

「帰り道がわからなくなる、目印代わりにそこにいてくれ」

はあ、と力ない返事をしてその場で待つ。

歩いているときはまだしも、立ち止まるとしんしんと体が冷えた。

凍えないようその場で足踏みをしていると、ようやく和成が戻ってきた。大事そうに手にしているのはキノコだ。やはり山菜を取りにきたのかと納得していると、和成が背負子を下ろして中から大きめの瓶を取り出した。その中にキノコを入れ、さらに布の袋に包んでまた背負子に戻す。

籠の中には他にも漆塗《うるしぬ》りの箱や筒など、大小さまざまな容器が入っているようだ。山菜を取るにしては妙な装備だと思っていたら、和成が何か思い出したような顔をした。

「そうだった、お前の外套も持ってきていたんだった」

言うが早いか暁生の背後に回って背負子を下ろさせ、籠の中から和成が着ているのと似た黒の外套を取り出した。

「すまん、すっかり忘れていた。これを着ておけ、山は冷える」

「え、お、俺なんか、いいんですか?」

「いい。以前俺が着ていたものだから丈は合わないかもしれないが我慢してくれ」

和成が言う通り外套の袖口は暁生の手の甲を覆ってしまったが、寒い山の中ではむしろ肌を隠してくれる方がありがたい。着物の袖を洋服の細い袖に無理やり押し込むのは難儀したが、寒いよりはよほどましだ。

装備を整え再び山道を歩きだす。だが和成はすぐ脇道に逸れ、キノコや山菜、甲虫などを捕まえひとつひとつガラスの瓶に詰めていくので一向に山頂まで辿り着かない。

冬の日は短く、見る間に辺りが薄暗くなってきた。

「和成様、そろそろ帰らないと道がわからなくなるのでは?」

木の根元にしゃがみ込み、夢中で草をかき分けていた和成が動きを止める。振り返ったその顔も薄闇に沈みかけているが、和成は山に慣れているようだし、一緒なら夜の山道も大丈夫だろう。そうのんきに構えていたら、和成が立ち上がってぐるりと辺りを見回した。

「ここ、どこだ?」

暁生は無言で目を見開く。何も大丈夫なことなどなかった。

周囲を見渡していた和成が、足元に視線を落として言う。

「道を外れてるな」

あまりに落ち着き払った声だったので、暁生も一緒に足元を見て「本当ですね」などと呟いてしまった。体からざっと血の気が引いたのは次の瞬間だ。

「遭難したってことですか⁉」

「道を見失っただけだ」

同じことだと怒鳴りつけそうになったが、遭難中に仲違《なかたが》いをしても仕方がない。ぐっと怒声を呑み込む暁生を尻目に、和成はがさがさと山奥に入っていってしまう。

「う、動かない方がいいのでは……！」

「そうは言っても、とりあえず夜を明かせる場所を探さないといけないだろう。水音がするから近くに沢があるはずだ」

耳を澄ませば、木々のざわめきに交じって水の流れる音がした。音を頼りに少し歩くと木々が開け、頭上に橙色に染まった空が広がる。その下に幅の広い川が流れていた。

「この辺りなら地面も平らだし、一晩くらいはしのげるだろう。お前の籠にマッチや毛布が入ってる。それから乾麺麭《かんめんぽう》と氷砂糖も」

「もしかして、最初から山で夜を明かすつもりだったんですか？」

「言わなかったか？」

「聞いてません」と低く告げれば、「悪かった」とあっさり謝罪が返ってきた。自分の非を認めることに抵抗がないのは数少ない和成の美点だ。

川から少し離れた場所に背負子を下ろした和成は、大きく伸びをして言う。

「この山には何度も足を運んでいる。道に迷っても戻れるよう、木に赤い紐を結んで目印をつけてあるんだ。朝になればそれを頼りに下山できるだろう」

「そうだったんですか」

帰る手立てがきちんとあることに安堵して、暁生も地面に背負子を下ろした。背負っていた籠の蓋を開けてみると、和成が言っていた非常食の他に、マッチと毛布、手拭い、小刀、湯を沸かすための薬缶《やかん》と湯飲み、ゴザまで入っていた。重たいはずだ。

完全に日が落ちる前に火起こしだけは済ませておこうと、暁生は落ち葉や枯れ枝をかき集めて火床を作る。さらに小刀で杉の木から皮を剥ぎ、それを揉んでマッチで火をつけた。

そうやってせっせと火を起こし、焚火《たきび》が安定したところで顔を上げると和成の姿が消えていた。つい先ほどまで暁生と一緒に焚火に使う枯れ木を探していたはずだが、いつの間にやら枯れ木の山だけ残して本人は姿を消している。

「和成様？」とその名を呼ぶと、傍らの茂みががさりと音を立て「なんだ」と和成が顔を出した。思ったより近くにいたのでほっとしたものの、その手が泥だらけになっていることに気づいて暁生は眉を寄せる。

「まさか、土を掘り返していたんですか？」

「そうだ。見たことがない草が生えていたから持って帰ろうと思って」

和成が手にしていたのは根元から掘り返されたなんの変哲もない雑草だ。いそいそとそれを焚火のそばまで持ってきた和成の手を見て、暁生は眩暈《めまい》を起こしそうになる。

「指先が赤くなってるじゃないですか……！」

よほど冷たい地面を掻いていたのか、指の色が変色している。

和成は自分の指など頓着《とんちゃく》もせず籠の中から新聞紙を取り出し、それを手に川へ向かった。濡らした新聞紙に草を包み、ついでに手を洗っているらしい。しばらくして戻ってきた和成の指先は赤を通り越して紫色になっていて、暁生は頭を抱えたくなる。

「何してるんです、早く火に当たってください！」

和成の腕を引き、とにかく焚火に当たらせる。「無茶しないでください」と溜息交じりに呟くと、和成に不可解そうな顔を向けられた。

「別にお前に手伝えと言っているわけじゃなし、俺の手がどうなろうと構わないだろう」

「一緒に行動していたのに貴方の奇行を止められなかったら責任を感じます。仮にも貴方の妻なんですから」

火に当ててもまだ和成の指先は紫がかった色をしている。見ていられず、暁生は和成の指先を両手で包んで自分の体温を分け与えようとした。

それを嫌がるでもなく黙って見守っていた和成が、ふいにぽつりと呟いた。

「アルファに対して、オメガはこうも献身的なのか」

独白じみた言葉に暁生は束の間黙り込んでから、渾身《こんしん》の力で和成の指先を握りしめた。

オメガにしては上背があり、筋肉もついている暁生の握力は強い。遠慮なく握りしめられて痛かったのだろう。ぐっと息を詰めた和成の顔を半眼になって睨みつける。

「家族の手が凍りつきそうになっていたら温めるに決まっているでしょう。オメガだからアルファに尽くしてるわけじゃありません。オメガに対する偏見ですよ」

和成自身、そういう偏見を嫌ってオメガと結婚することを拒んでいたのではないのか。呆れを隠さず言い放てば、痛みに顔をしかめていた和成の顔から表情が抜けた。

「家族」

「そうです。まだ籍を入れていないとはいえ、俺はもう宇津木家の人間のつもりでしたが？　それとも添い遂げるなんて口先だけで、機を見て離縁するつもりでしたか？」

和成は我に返った顔になり「まさか」と暁生の言葉を否定する。指先をばたつかせ始めたので手の力を緩めると、逆に手を握り返された。

「そうだな、家族だ。だから俺を案じて怒ったんだな？」

「他に理由がありますか？」

「俺に気に入られるために必死になっているのかと思った」

相変わらず歯に衣着せぬ物言いだ。呆れるよりも、こういう人なのだと慣れた方が早いのかもしれない。口をつぐむ暁生の前で、和成は悪びれもせず続ける。

「これまでの見合い相手は全員そうだった。俺ではなくアルファに気に入られようと必死なのが透けて見えて、オメガはそういうふうにしか生きられないのかと思ったら、なんだか遣る瀬なかった」

傍らで焚火が爆ぜ、ああ、と暁生は溜息ともつかない声をこぼす。

これまで暁生は、婚家から追い出されまいと必死になった例《ためし》がなかった。実家はそれなりに財力があり、出戻っても追い出されはしないだろうという安心感があったからだ。けれど自分も、女郎屋に売られそうになって、ようやく世のオメガたちの気持ちがわかった。アルファに嫁ぎ、養ってもらう以外に生きる術がないのなら必死になるのも当然だ。

そうやってオメガにしがみつかれるアルファもまた、相応の重圧を感じるものなのかもしれない。結果、自分に向けられる気遣いや好意を素直に受け取れなくなる。その裏側にどんな下心が潜んでいるかわからないからだ。一度でも甘い顔をしたら最後、似たような有象無象《うぞうむぞう》が引きも切らずに言い寄ってくるのは想像に難くない。

（せめて俺の前でくらい、気を張らずにいてくれればいいのに）

お互い初対面で言いたいことを言い合った仲だ。今さら隠し立てすることもない。

未だつながれたままの手に視線を落とし、暁生はしっかりと和成の手を握り返す。そして愛想笑いではなく、好戦的に笑ってみせた。

「そんな心配しなくても、無理に和成様に好かれようなんてしませんよ、俺は」

この先和成を気にかけることがあるとすれば、それは下心からではなく本心からのものだ。こびへつらう気もない。警戒しないでほしいと伝わっただろうか。

和成は一瞬虚をつかれたような顔をして、「そうか」とおかしそうに笑った。少しだけ気の抜けた表情だった。

「だったら和成様なんて堅苦しい呼び方もやめてくれ」

「和成さん、くらいにしましょうか？」

「うん、それがいい」

穏やかな声で言って、和成も暁生の手を握り返す。その指先に体温が戻っていることに気づいて、暁生は密かに胸を撫で下ろした。


夜も更けるとさすがに和成も辺りを歩き回ることなく大人しくなった。落ち葉の上にゴザを敷き、二人で肩を寄せ合い火に当たる。

「さっき拾った草や虫はどうするんですか？　食べるわけではないんですよね？」

焚火で茶を煮出し、乾麺麭など食べながら尋ねると「あれは薬の材料だ」と返された。

「あんなものが薬になるんですか？　何に効くんです？」

「わからない。正確には薬の材料になるかもしれないから採取して調べてる」

聞けば和成は大学で製薬について学んでいるらしい。てっきり医者を目指しているのだとばかり思っていたが、和成の興味は新薬の開発にあるようだ。

「前に俺が飲ませてもらったような、ああいう解熱剤の研究をしているんですか」

「そうだ。解熱効果の他にも薬効を上乗せできないか調べている。既存のものを組み合わせるだけでは限界があるからな。新薬の素材になるものをこうして探し回っている」

「いつもこんな大荷物で？」

「いや、いつもは一人だからもっと身軽だ」

ならば自分など連れてこなければよかったのではないか。不思議に思って首を傾げると、和成もその動きを真似るように首を傾げ返してきた。

「お前はオメガだし、嫁いできたばかりの家に一人で残していくのは危ないだろう。実家には俺と、それから滅多に帰らない父くらいしかアルファはいないが、出入りの業者の中にアルファがいないとも限らないからな」

つまり暁生の身を案じてここまで連れてきてくれたということらしい。そうならそうと言ってくれればいいものを。言葉足らずにも程がある。

焚火を眺めてぽつぽつ会話をしていると、そのうち和成が船をこぎ始めた。肩に寄りかかってきたと思ったら、すぐに寝息が響き始める。そっと和成の顔を覗き込んでみれば、その目の下に濃い隈《くま》ができていた。眉間には皺も寄っている。山中を歩き回って疲れたというばかりでなく、連日の疲労がべったりと貼りついたような寝顔だ。

大学の勉強が忙しいのか。見合いの席に遅れたのも、暁生との見合いを嫌がったからというより本当に時間を空けるのが難しかったのかもしれない。

（最初は失礼な人だと思ったけど、言葉が足りないだけで可能な限り誠実に対応しようとしてくれてるのかもしれないな）

和成は少し突飛なところがあるが、今までの見合い相手で一番こちらの話を聞いてくれる人かもしれない。

（このままつつがなく結婚生活が送れたらいいんだけど）

そんな期待を抱きながら明け方まで火の番をしていた暁生だが、さすがに半日近くも山歩きをしていたせいで疲労がたまっていたらしい。

ろうそくが燃え尽きるような匂いが鼻先を過り、抱えた膝に額を押しつけてうたた寝していた暁生はハッと顔を上げる。

いつ眠りに落ちたのか気づかなかった。山を覆っていた闇はすでに早朝の青白い光で洗い流され、鳥が鳴き交わす声が木々の間で反響している。

眠い目をこすりつつ横を見遣った暁生は目を見開く。隣で寝ていたはずの和成がいない。

「和成さん？」

呼びかけてみたが返事はなく、鳥が羽ばたく音がするのみだ。あたふたと立ち上がり、その名を呼びながら辺りを歩き回っていると、遠くで「暁生」と自分を呼ぶ声がした。

慌てて声のした方に歩いていくと、木々の向こうにすり鉢状の緩い斜面が現れた。もしやと斜面を覗き込めば、思った通り傾斜の底に和成の姿がある。木の幹に背中を預けるようにして座り込んでいる和成を見て暁生は天を仰いだ。

「何をしてるんです、そんなところで……！」

「足を滑らせた」

「一人で勝手に動き回らないでください！」とつい声を荒らげてしまった。

幸い斜面の角度は緩い。暁生は木々に手をつきながら慎重に和成のもとへ向かった。

「すまん。虫を追いかけていたら足元が疎かになって、さっきお前が立っていた場所から滑り落ちた」

暁生も和成の傍らにしゃがみ込み、先ほど自分が立っていた場所を見上げる。傾斜こそ緩いが、高さは二階家の屋根を見上げたのと同じくらいだ。

「どこか怪我でもしましたか」

「怪我というほどでもないが、少し挫《くじ》いた」

「それを怪我って言うんですよ。肩を貸します。立てますか？」

和成の腕を肩にくぐらせ立ち上がり、二人してゆっくりと斜面を登る。和成は苦痛を訴える声こそ漏らさなかったが、時折眉を寄せて痛みをこらえているのが見てとれた。

すっかり消えてしまった焚火の前に戻り、ゴザの上に和成を座らせて足の様子を確認すれば、左の足首がひどく腫れていた。これでよくあの斜面を登ってきたものだ。

「もう夜も明けましたし、これ以上ひどくなる前に下山しましょう」

「だが、さっきの虫がまだ……」

この期に及んで虫の話かとさすがに呆れた。もうこれ以上和成を山に置いておかない方がいいと判断して、暁生は和成に背を向けてしゃがみ込む。

「乗ってください」

「は？」

「俺が和成さんを背負って山を下ります」

「はっ⁉」と大きな声が山の中に響き渡り、頭上で鳥が飛び立った。

暁生はしゃがんだまま肩越しに和成を振り返る。

「俺の荷物はここに置いていきます。後から責任を持って取りに戻りますので」

「いや、どうせ古道具ばかりだ。荷物はこのまま打ち棄てて構わない。それより、お前が俺を背負うって……」

「和成さんはご自身の籠を背負って下さい。大事なものが入っているんでしょう」

「だから待て！　無理だろう、お前が俺を背負うなんて！」

「そう思われるなら、どうぞ試してみてください」

顔を正面に戻して待っていると、和成が無言で暁生の背に覆いかぶさってきた。やれるものならやってみろと言わんばかりに脱力した体を受け止めた暁生は、一度前傾姿勢になると、一息でその場に立ち上がった。

背中で息を呑んだ和成が、慌てて暁生の首にしがみついてくる。

「だ、大丈夫なのか……！」

「全く問題ありません。一度下ろしますよ。和成さんは籠を背負ってください」

地面に足をつけた和成は、自分よりいくらか背の低い暁生の顔を呆気にとられた表情で見下ろし、掠れた声で呟いた。

「……いや、自力で歩く」

「無理に歩いてこれ以上足を痛めたら本当に遭難します。早く籠を背負ってください」

「お前の体力が」

「言い合いをしている時間が惜しいんです。日が暮れますよ！」

和成を押しのけて「どれが必要なんです！」と籠の中に手を突っ込むと「やめろ、俺が見る！」と和成に籠を奪われた。これはいらない、あれはいる、これもいらないでしょう、としばし言い合い、厳選したものだけ籠に詰めて和成に背負わせた。

背負子を担いだ和成を背負った暁生は、体をぐらつかせないよう慎重に立ち上がる。腰や膝にずっしりとした重みがかかったが押しつぶされるほどではない。

「それじゃ、行きますよ」

宣言して、暁生はしっかりと足を踏みしめ山を下りた。

「山道に戻る目印を教えてください」

「あ、あそこだ、右手側の木の幹に赤い縄が結んである……」

「あっちですね」

「急がなくていい！」

背中の上で体が揺れるのが不安なのか、暁生の首にしがみついて和成は低く唸る。

「お前、明け方まで火の番をしていたんだろう？　オメガのくせにどうしてこうも頑健なんだ……！」

「毎日家事労働してるからですよ。掃除も洗濯も重労働ですから嫌でも鍛えられます」

自分より体の大きな和成を背負って山道を下るのはさすがに息が切れたが、途中で何度か休憩を入れ、冬だというのに汗をかきながら暁生は山を下りきった。

下山したことで緊張の糸が切れて座り込んでしまった暁生に代わり、車夫を捕まえたのは和成だ。二人乗りの人力車に乗り込むと、「少し休め」と暁生に肩を貸してくれた。

車が動き出すとすぐに意識が途切れ、次に目覚めたのは離れの布団の上だった。見合いの日に突発的なヒートを起こし、しばらく休ませてもらったのと同じ部屋だ。

山から下りたときはまだ日も高かったのに、障子戸越しに室内に差し込む光はもう夕暮れのそれだ。のろのろと起き上がってみるが室内には誰もいない。

布団を這い出し部屋を出る。右手に土間、左手には廊下が伸びていた。正面の部屋は茶の間のようだ。

和成の姿を探していると、土間に誰かが入ってきた。

「ああ、起きたか」

現れたのは和成だ。片足を引きずるようにして歩いているのを見て眉を顰《ひそ》める。

「足、大丈夫なんですか？」

「腫れはしたが骨に異常はない。添え木をして様子を見ている」

そう言って和成は土間に何かを並べ始める。山で取ってきた草や虫のようだ。

「和成さんも山で一晩明かしているんですし、少し休んだ方がいいのでは……？」

「そうしたいのはやまやまだが、大学に研究報告書を提出しないといけないんだ。期日までもう時間がない」

「提出が遅れるとどうなるんです？」

「単位をもらえない。留年決定だ。父からは留年は認めないと言われているから、留年が決定した時点で大学は自主退学することになる」

「まだ通い始めて一年も経っていないのにですか？」

「それが大学に入学する条件の一つだからな」

和成はその条件をすっかり受け入れているらしく、事情を説明する声は落ち着き払っている。驚いたのは暁生の方で、和成の言葉が終わるなり土間に飛び降りた。

「そういうことなら早く言ってください！　いつも説明が足りないんですよ！」

そうとも知らず和成を無理やり下山させてしまった。怪我をしているのだから早めに山は下りるべきだったと思うが、事情を知っていればもう少し譲歩できたのに。

暁生は和成のもとに駆け寄ると、片足を庇っている和成に肩を貸した。

「何か俺に手伝えることは？　なんでもやります」

和成は少し躊躇《ちゅうちょ》するような表情を見せたものの、一歩も引く気配のない暁生を見て苦笑めいたものをこぼした。

「ありがとう、助かる。まずは標本作りを手伝ってくれ」

オメガに何ができる、なんて退けられることなく頼ってもらえた。

そのことがやけに嬉しくて、暁生は腹の底から「はい！」と返事をした。


研究報告書が完成するまでは大学に顔を出している暇もないという和成とともに、暁生は母屋への挨拶もそこそこに、離れにこもって和成の手伝いをすることになった。

離れには四つ部屋がある。

土間から上がってすぐ右手にあるのが茶の間、その向かいが和成の寝室。さらに奥にも二間あり、和成の寝室の隣は書斎になっている。向かいの部屋は空き部屋だというので、暁生はそこで寝起きさせてもらうことにした。

暁生は和成に教えを乞いながら山で採取した動植物の標本を作り、図で詳細を残しておきたいというものは写生もした。実家にいた頃、離れで手慰みに絵など描いていた暁生の画力は高く、和成にいたく感心されたときは内心得意な気分になったものだ。

ときには和成に代わり資料を読み込んで要約もした。気になる記述があるのにどの資料で見かけたのかわからなくなったと項垂れる和成とともに、うずたかく積み上げられた書物の中から必死で該当箇所を探すこともあった。

二人して茶の間で真夜中に作業をしていると腹の虫が鳴ることもある。そういうときは自ら夜食を作ったりもした。

土間の隅にある台所で雑炊《ぞうすい》など作っていると、茶の間から顔を出した和成に「何をしてるんだ？」と驚き顔で尋ねられた。

「お櫃《ひつ》にお米が残っていたので雑炊を作ろうと。勝手に使わない方が？」

「いやそれは構わないが……料理なんて作れるのか？」

男性オメガでも身近にいない限り、男が台所に立つ姿など目の当たりにする機会もなかったのだろう。暁生は料理の手を止めると和成に向き直り、にっこりと笑う。

「当然です。むしろ和成さんのような学士様が、米の一つも炊けないんですか?」

「だが、男が台所に立ち入るなんて」

「男女関係なく、できることは多い方がいいのでは?」

予想外の反撃だったのか、和成はぐっと言葉を詰まらせる。

これまで出会ってきたアルファなら「生意気を言うな」と怒りをあらわにするところだろうが、和成は違う。

「……そうだな。できることは多い方がいい」

男が台所に立つことにはまだ若干の抵抗があるようだが、それでも暁生の言葉を頭ごなしに否定したりはしない。アルファに限らずベータの男だってこんなことを言われたら「男は料理なんて作れなくていいんだ」と言い放つ場面だろうに。

少し一緒に過ごしてみてわかったことだが、和成は存外素直だ。歯に衣着せぬ物言いで言いたいことを言う半面、相手の意見にもきちんと耳を貸す。

「今度お米の炊き方を教えてさしあげます。参考文献の引き方を教えていただいたお礼に」

「うん……そうだな。お前が一緒ならやってみよう」

女性に紛れて台所に立つのは抵抗があるが、暁生に教えてもらうのなら構わないということか。「では後日」と約束をして、その晩は二人で夜食に雑炊を食べた。

こんな調子で、和成との生活は思ったより精神的負荷もなく快適だった。期日までに研究報告書を仕上げるという共通の目的があるせいか不思議な連帯感すらある。

「お前のこともそろそろ家族に紹介しないとな」

和成がそんなことを言い出したのは、暁生が宇津木家に嫁いでから一か月近くが過ぎ、年の瀬も迫った夜のことだ。

母屋には和成の父親と長男夫婦、その子供たちが暮らしている。いっそこのまま家族に紹介されないで終わるのかと思っていたが、そういうわけではないらしい。

ちゃぶ台の前に腰を下ろした和成は、夕食後に暁生が淹れた茶をすすって続ける。

「新年になれば他の兄たちも母屋に顔を出す。どうせなら挨拶は一度で済ませてしまった方がいいだろう」

「それはありがたいです。そういえば、和成さんのご兄弟は何人いらっしゃるんです？」

暁生は和成の家族構成をほとんど知らない。知っているのは和成の母親がすでに他界していることくらいだ。自分の茶を持ってちゃぶ台の向かいに腰を下ろせば「上に三人兄がいる」と返ってきた。

和成は四人兄弟の末っ子らしい。次男と三男は婿入りして家を出ており、長男と同じく父親の仕事を手伝っているそうだ。

「一番上の兄は父と貿易関係の仕事を、二番目の兄は紡績工場、三番目は製糸工場を任されている」

「和成さんも大学を卒業したらお父様の仕事を？」

「いや、俺はバース検査でアルファとわかった瞬間から、家業には一切かかわるなと父から言われている」

「え、でも、普通は優秀なアルファにこそ家業を継がせたがるものでは……？」

「そうとも限らない。俺の父親もアルファだからな」

言わんとしていることが呑み込めずに無言で瞬きをすれば、和成の顔に苦笑めいたものが浮かんだ。

「アルファ同士は張り合うものなんだ。親子といえども対抗意識は強いし、お互い相手の言いなりになりたくない。だから父は俺には仕事を任せられないんだろう。ベータの兄たちと違って、俺のことは制御しきれる自信がないんだ」

実の親子だというのに互いに心を許せないのか。呆気にとられつつ質問を重ねる。

「では、和成さんは大学を卒業したらこの家を出ることに……？」

「いや、残念ながらそうはならない」

そう言って、和成はどこか諦めたような顔で薄く笑う。

「アルファの子がいるという事実は父にとって絶対必要なことなんだ。家柄に箔がつく。だから俺がアルファとわかったらすぐこの離れを建てて、結婚したらここで暮らすよう言い渡してきた。上の兄二人は婿養子に出されているのにな。あわよくば俺にもアルファの子を作らせて手元に置いておきたいんだろう」

　息子に対する愛情の欠片も見えない徳則の言動に、暁生はきつく湯飲みを握りしめる。

　アルファは家族からもてはやされ、下にも置かない扱いを受けるのだとばかり思っていたが、アルファであるせいで家業に携わらせてもらえず、こんなふうに離れに追いやられてしまうこともあるのか。

（まるで俺みたいだ）

　頭に浮かんだ言葉に自分自身驚いた。オメガとは真逆の立場にいると思っていたアルファ相手に自分を重ねる日がこようとは。

「まあ、俺のことはいい」

　和成はそこで会話を打ち切って「それより気になることがある」と声を潜めた。

「親族の中に、俺たちの婚約をよく思っていない連中がいるらしい。お前は俺より七つも年上だし、初産で子をなすのは難しいのではと懸念しているようだ」

「それはそうでしょう」

「だが、俺はお前を手放す気はない」

　断言した顔は真剣そのもので、不覚にもどきりとしてしまった。

「お、俺にそれほどの価値はありませんが」

「いいや、お前はなかなか変わったものの考え方をする。オメガとしての考えを包み隠さず言葉にして、俺の蒙《もう》を啓《ひら》いてくれることすらある。話をしていて飽きないし、何より研究の助手として優秀だ。お前が来てくれて感謝してる」

淀みなく言葉を並べ立てられ、暁生は再び湯飲みを握りしめる。

（感謝なんて、そんなの俺の方がよっぽど……）

オメガだと判明してから勉強の機会を奪われた暁生にとって、和成の研究報告書を手伝う時間は楽しかった。学術書に出てくる難しい言葉の意味を尋ねれば和成は呆れもせず解説してくれたし、「この資料を読むとわかりやすい」と本を勧めてくれることもあった。新しい知識を得るのは楽しく、自分ばかり役得だと思っていたが、少しでも和成の役に立てていたのならこんなに嬉しいことはない。

湯飲みを持つ指先がじんわりと温かい。そのぬくもりは指先だけでなく全身に伝わって、胸の奥にまで浸透する。

「俺としてはお前に子がなせなくてもなんの問題もない。むしろ最初の計画通り、二人きりで添い遂げられたらと思っている」

添い遂げる、という言葉がかつてなく胸に響いて、無意識に姿勢を正してしまった。

暁生もそうできればと思うが、どうしたってオメガの立場は弱い。婚家から離縁を言い渡されれば黙って頷くよりほかないのだ。今までだってそれで四回も婚約を破談にされてきた。和成とて、親族たちから破談を勧められれば断り切れないのではないか。

沈んでいく暁生の思考を下から突き上げるように「そこでだ」と和成が声を高くした。

「新年の挨拶にはこれをつけていってくれ」

和成がズボンのポケットから取り出したのは、細長くて黒い布だ。ちゃぶ台の上に置かれた布の表面には光沢があり、一目で上質なものだとわかった。

「半襟ですか？」

「惜しい、オメガ用の襟巻だ。ほら、ここにボタンがついてるだろう。チョーカーと呼ぶそうだ」

和成が指さした布の端には、黒真珠のような丸いボタンが二つついている。反対の端にはボタンを通すための輪が、こちらも二つついていた。

「これはつがい持ちのオメガが、項についた歯形を隠すため首に巻くものだそうだ」

アルファとオメガがつがいになるには、ヒート中のオメガの項をアルファが噛まなければならない。一度ついたその噛み痕は生涯消えることなく項に残る。上流階級のオメガはそれを隠すため、項を隠すチョーカーを首に巻くらしい。

誰のつがいにもなっていない暁生には、本来必要のないものだ。

チョーカーから目を上げ、暁生は和成の瞳を覗き込んだ。

「……何を考えてます？」

「なんだと思う？」

視線が交わった瞬間、二人してにんまりと笑い合った。

四度も破談を繰り返し、結婚などうんざりだと思っていたが、なかなかどうして。

今度の婚約者とは、大変馬が合いそうだ。


元日の朝は不思議なくらい空気が澄みきっている。特に日の出の瞬間は身が引き締まる思いだ。一年の最初に昇ってくる太陽は、浮世の塵芥《じんかい》をあまねく消し去っていくような厳かさがある。

しかしそんな厳粛《げんしゅく》な空気も、新年の祝い酒に浮かれた人々の哄笑《こうしょう》であっという間に蹴散らされるのが世の常だ。

宇津木家の母屋にも、元日からたくさんの人が新年の挨拶に訪れていた。訪問客には景気よく酒や料理を振る舞っているらしく、母屋は朝から大賑わいだ。

和成も朝から母屋に顔を出している。徳則がアルファの息子を周囲に見せびらかしたいらしい。「本でも読んでいた方がましだ」と悪態をつきながらも母屋へ向かっていった。

ちなみに暁生は母屋に呼ばれていない。未だ暁生の立場は婚約者であり、子供を産むまで正式に籍を入れることもない。もし暁生が母屋で客を迎えることがあるとすれば、それは和成と子をなしたときだ。それもアルファの子に限った話かもしれない。

現状、暁生など母屋で暮らす人々にとってはお呼びでないわけだが、母屋で台所を仕切る面々にとってはそうでもない。正月は訪問客が次から次にやってくるので、猫の手も借りたいくらい多忙を極めているはずだ。これまでの嫁ぎ先は例外なくそうだった。

使用人たちが慌ただしく駆け回る中、一人でぼんやり過ごすのも性に合わず、暁生は母屋の台所に飛び込んであれこれ仕事を手伝うことにした。

輿入れ後は離れにこもりっきりだった暁生の顔を使用人たちはよく知らず、暁生を臨時で雇われた下男と判断したらしい。あれこれ仕事の指示を飛ばしてくれた。

夜も更けて訪問客もあらかた帰る頃、ようやく台所に一息つく間が生まれた。

「あんた、見ない顔だけど今日は随分とよく働いてくれたね」

「お雑煮あるよ、食べるかい？」

台所を仕切っていた女性たちが暁生に声をかけてくる。返事をしようとしたら盛大に腹が鳴った。「これはたくさん食べさせないと！」とドッと笑い声が上がったとき、台所にひょっこりと和成が現れた。

真新しい白いシャツに黒のズボンを穿き、髪を後ろに撫でつけた和成が現れるなり、台所にいた女性陣が慌てて鬢《びん》を指先で整えたり、着物の襟を掻き合わせたりし始めた。美丈夫を前に浮き立っているのが伝わってくる。

「どうしました、坊ちゃん。酒が足りませんでしたか？」

年配の男性に声をかけられた和成は「いや」と答えながら台所を見回し、板間に腰かけて休憩していた暁生に目を留めた。

「こんな所にいたのか。そろそろ家族に挨拶するぞ」

使用人たちは揃って目を瞠り、和成の視線を追って暁生に目を向ける。

暁生は周囲の視線に頓着せず立ち上がると、「今から雑煮を食べるところだったんですよ」とぼやいた。

「後で離れに運ばせてやる。なんだ、チョーカーはつけてないのか」

「あれを巻いて仕事をしていると息苦しいんです」

「慣れてくれ。母屋に来るときは外さないように」

離れにいるときと変わらぬ遠慮のないやり取りをしていると、背後から使用人に「坊ちゃん、そちらの方は……？」とおっかなびっくり声をかけられた。

言っていないのか、と言いたげな視線を和成から向けられて肩を竦める。下手に婚約者だと明かすと嫁いびりを受けることもあるので黙っておいた方が気楽なのだ。

和成は使用人たちに向き直ると、暁生の肩に手を置いて言う。

「彼は俺の婚約者だ。今後ともよろしく頼む」

重たい調理器具を率先して運んだり、凍えるほど冷たい水を黙々と汲んだりしていた逞しい青年がまさかオメガの婚約者とは思ってもいなかったのだろう。唖然とする使用人たちに暁生も深々と頭を下げた。

「ご挨拶が遅れました。普段は離れにいますので、今日のように人手が必要なときはいつでも声をかけてください」

「お前は母屋の仕事を手伝う必要なんてないんだぞ」

「家事の人手は多い方がいいんですよ。特に男手は必要です。それでは、お邪魔でなければ遠慮なく呼んでくださいね」

呆気にとられる使用人たちに一礼してその場を後にする。

廊下を歩きながら、暁生は懐から黒いチョーカーを取り出した。

「ようやく使用人の皆さんと顔合わせができてよかったです。この一月、なんだかんだと和成さんの学業のお手伝いばかりで離れの炊事くらいしかできなかったので」

「十分だろう。義姉さんだって家のことは使用人に任せてるしな。……貸してみろ」

なかなか喉元のボタンをつけられずにいる暁生を見かねたのか、和成が廊下の途中で足を止める。チョーカーを手渡すと、身を屈めて暁生の首にそれをつけてくれた。顎を上げるよう促され、顔を上げれば至近距離で和成と目が合った。

廊下の奥からざわざわと人の声が漏れ聞こえる。訪問客はあらかた帰り、残っているのは親族の者だけだ。和成より七つも年上の男のオメガを、彼らはどんな顔で迎えるだろう。

「緊張してるか？」

チョーカーのボタンを留めながら尋ねてくる和成に、暁生は緩く笑ってみせた。

「いいえ、ちっとも。だてに五回も嫁いでませんから」

男性オメガに対する冷ややかな目も、年齢に関する陰口ももう慣れっこだ。

暁生の反応に和成は小さく目を瞠り、おかしそうに笑った。

「さすが、俺の婚約者殿は肝が据わっている」

ボタンを留め終えた和成は身を起こし、暁生の肩を軽く叩いた。

「行くか」

「はい」

短く言葉を交わして廊下を進んでいくと、賑やかな声が近づいてきた。廊下にずらりと並んだ障子戸から明かりが漏れていて、ここに親族たちが集まっているらしい。

和成は一度こちらを振り返り、暁生がしっかりと頷いたのを見てから障子を開けた。

すらりと障子が開いた途端、賑やかだった室内が水を打ったように静まり返った。

障子の向こうは優に二十畳はありそうな大広間だ。料理や銚子の置かれた座卓がいくつか並び、その周りを十数名の男女が取り囲んでいる。

若い夫婦と三人の子供たちは和成の長男一家だろうか。その隣にいる若夫婦二組は婿に出た次男と三男かもしれない。中年の夫婦もいる。女性は見合いの席で見かけた人物だ。確か和成の伯母だったたか。

そして床の間を背に座っている和装の男性が和成の父、徳則だろう。墨色の着物を着て、白髪交じりの髪を後ろに撫でつけている。口ひげを生やしたその顔はいかにも気難しそうだ。和成を見てもにこりともせず、眼光鋭く睨みつけてくる。

「暁生を連れてきました」

その場にいる面々の前で一言告げ、和成は振り返って暁生に片手を差し出す。一瞬戸惑ったもののその手に自分の手を重ね、暁生も室内に足を踏み入れた。

「そのチョーカー……」

誰かがそう呟くや、全員の視線が暁生の首元に集中した。皆チョーカーの意味を理解しているらしく、室内に緊迫した空気が走る。そんな中、和成が凛とした声で宣言した。

「暁生を俺のつがいにしました」

「つがいに？　もう妊娠したのか？」

思わずといったふうに声を上げたのは長男だ。

「いいえ」と和成が返すと、周囲から溜息と非難の声が同時に上がった。なぜ、どうして、と小豆《あずき》が煮えるように上がる声を一掃したのは、上座に座っていた徳則だった。

「和成、どういうつもりだ」

恫喝《どうかつ》するような低い声に、再び座に沈黙が落ちた。

和成の隣に立っていた暁生も肩をすくませる。ちょっとやそっとの嫌味や脅しには動じることもないと思っていたが、さすがに宇津木家の当主ともなると威圧感が尋常でない。

徳則は着物の袂《たもと》の中で腕を組み、重々しい口調で続ける。

「そのオメガはもう三十近いだろう。子供が産めるかどうかもわからんのに、一度つがいになってしまえば離縁は難しい。それをわかっているのか」

一度項を噛まれたオメガはつがい以外のアルファを受け入れることができなくなる。万が一他のアルファに組み伏せられれば廃人同然になってしまうし、つがいから離縁を言い渡されたり、つがいと死別したりした場合も多くは悲惨な末路を辿る。

オメガにとってつがいを作ることは自分の命を危険にさらす行為に近い。その証拠につがいを失ったオメガの平均生存年数は三年に満たない。だからこそ、籍を入れるより子をなすより、つがいになることが一等社会的責任が重いのだ。

和成の伯母も徳則に追従するように深々とした溜息をつく。

「そうですよ、つがいにした後で離縁したなんて世間様に知られたらどれほど非難されることか……。ただでさえ男性オメガなんて外聞が悪いのに」

その場にいる全員の視線が自分の方に流れてきたが、暁生は表情を変えない。

こういう状況にも視線にも慣れている。

大多数のアルファは女性のオメガを望む。オメガ自体が希少なので男性オメガでも多くが縁づくが、アルファ側にとっては男性オメガとの結婚など妥協でしかない。

特に暁生は見た目がオメガらしくない。本当にオメガなのかと疑われることも珍しくなく、こういう無遠慮な視線にも慣れている。

俯けば相手を調子づかせてしまうのも知っているので気丈に顔を上げ続けた。あとはもう心を無にするだけだ。誰とも視線を合わせることなく、ただまっすぐ前を向き続けていたら、突然和成に肩を抱き寄せられた。

「子ができなくても構いません」

あっと思う間もなく引き寄せられ、耳元で朗々とした声が響く。

「この先の人生、暁生さえ隣にいてくれればそれで満足です。離縁なんてとんでもない。暁生にこの手を取ってもらうために、どれほど俺が手を尽くしたと思っているんです」

常にない熱っぽい和成の声と、その内容にぎょっとした。

周りも似たような反応だ。その場の視線を一身に受けうろたえる暁生の顔を覗き込み、和成は他の何も目に入っていないような表情で言い放つ。

「暁生は俺の最愛です。明るく俺を照らす太陽のような人です。彼以上の伴侶にこの先出会えるとも思えません。つがいにした以上、近々正式に籍も入れるつもりでいます」

至近距離から微笑みかけられて息が止まりかけたが、その目の奥に面白がるような光がちらついていることに気づいてようやく悟った。わざと見せつけているのか。

自分も何か言い返すべきか。しかし何を。せめて事前に打ち合わせくらいしておいてくれと焦っていたら、これ見よがしな溜息が室内に響いた。

「馬鹿なことを」

吐き捨てるようにそう呟いたのは徳則だ。暁生たちの様子など目にも入れたくないと言いたげに顔を背けて酒を呷る。

「お前がそれほど後先考えない愚か者だとは思わなかった」

和成の顔からすっと笑みが引く。冷ややかな表情で徳則を見下ろすと、もう言うべきことは言ったとばかり、暁生の肩を抱いたまま「では」と踵《きびす》を返す。

「ご挨拶も済みましたので、俺たちはこれで」

そう言い置いて、あっさり大広間を出てしまった。

廊下に出ると背中に回されていた腕が離れ、代わりに手を取られた。

裏口の三和土《たたき》にあった適当な草履《ぞうり》をつっかけて外に出る。庭を横切り敷地の隅に建てられた離れに入るまで、和成はずっと暁生の手を離そうとしなかった。

「……あんな大立ち回りをするつもりなら、先に言っておいてくださいよ」

ようやく離れに戻ってきた暁生は、先に茶の間に上がった和成の背に声をかける。

少しだけ声が掠れてしまったのは、徳則に背を向けた瞬間に和成が見せた冷淡な横顔が目に焼きついて離れなかったからだ。父親からまともに取り合ってもらえず落胆しているのではと案じたが、直後茶の間に響いたのは、和成の笑い声だった。

「よかっただろう。なかなか情熱的で」

そう言って振り返った和成はおかしそうに笑っていて、暁生は密かに胸を撫で下ろす。

「情熱的というか、びっくりしましたよ。人前であんな……」

「俺だって舌を噛みそうだったが、あれくらい言っておかないと周りが信じない」

口の中に卵の殻でも入ったような顔をする和成を見て、ようやく暁生も笑みをこぼした。

「確かに、あれなら和成さんが思い余って俺をつがいにしたとみんな信じそうですね」

「なら上等だ。恥を忍んであんな役者のような言葉を口にしたかいがあった」

「みんなびっくりしてましたよ」

「おかげでお前の首を検《あらた》めようとする者もいなかったしな」

「そこまで考えてくれていたんですか?」と目を丸くすれば「いや、結果論だ」と笑い飛ばされた。なんだ、と笑いながら暁生も茶の間に入る。

火鉢のそばに膝をつくと、灰を掻いていた和成が手を止めてこちらを見た。

「つがい持ちと公言しているオメガの襟首を覗き込む無粋者はいないだろうが、念のためそのチョーカーは人前で外さない方がいい。でなければ着物の下にシャツを着てもいいな。立ち襟なら項も隠れるだろう。お前用のシャツを用意しておくから試してみてくれ」

「はい、あの……ありがとうございます」

深々と頭を下げると、和成に不思議そうな顔をされた。

「実は、チョーカーをつけて挨拶をしたくらいでは、俺たちがつがいになったと信じてもらうことなんてできないと思ってたんです。周りを信じ込ませるためとはいえ、和成さんがあそこまで言ってくださるとは思っていなくて」

もし嘘がばれたら暁生がすべての非難を受け止める気でさえいたのだ。それだけに、暁生を庇うような和成の振る舞いには本当に驚かされた。

改めて礼を述べると、火鉢を覗き込んでいた和成が体をこちらに向けた。

「周りの目を偽る目的もあったが、さっきのセリフはあながち嘘でもないぞ」

「というと？」

「この先の人生、傍らにはお前だけいてくれればいい」

暁生は軽く目を瞠る。からかわれているのかと思ったが、和成の目に面白がるような色はない。唇に柔らかな笑みを浮かべ、まっすぐに暁生を見詰めて照れも見せずに続ける。

「籍を入れれば名実ともに夫婦だ。末永く、よろしく頼む」

すぐには返事ができなかった。過去に嫁いだ夫たちの中でさえ、誰一人こんな言葉を口にしてくれた相手はいなかったからだ。

（この人は、本気で俺と添い遂げようとしてくれてるんだ）

自分を非難する親族の前で和成に肩を抱かれたとき、ひどくほっとしたことを思い出す。

暁生は姿勢を正すと、畳に指をついて和成に深々と頭を下げた。

「こちらこそ、不束者ですがよろしくお願いいたします」

うん、と和成が頷いたところで、土間から「坊ちゃん、雑煮を持ってきましたよ」と声がした。先ほど暁生が食べ損ねた雑煮を使用人が持ってきてくれたようだ。

和成は暁生より先に立ち上がると、足取りも軽く土間へと歩いていく。

「俺の分は？」

「ありますが、それよりちゃんと他の使用人たちにも暁生さんの紹介をしてくださいよ。あたしだって台所覗いたら暁生さんが働いててびっくりしたんですからね」

いつも離れまで食材や薪など持ってきてくれる男性使用人は暁生の顔を見知っている数少ない人物で、「周りをたまげさせないでください」と和成を叱っている。

「ここのところずっと大学が忙しくて……いや、悪かった。明日ちゃんと紹介する」

「そうしてください。ほら、坊ちゃんの雑煮もどうぞ」

使用人相手にも偉ぶらず頭を下げた和成は、大した具も入っていない雑煮に歓声を上げている。その後ろ姿を見て、本当に最後にこの人のところに来られてよかったな、と暁生はしみじみと思うのだった。

＊＊＊

年が明けて間もなく、宣言通り暁生と和成は正式に籍を入れた。和成の言葉が効いたのか、親族たちは二人がつがいになったと信じて疑っていないようだ。

正月に母屋の手伝いに行って以来、使用人たちとも親しく口を利くようになった。日中は和成が大学に行ってしまうので、離れの仕事を済ませた後は母屋に顔を出して積極的に手伝うようにしている。その際は着物の下に襟の高いシャツを着ることも徹底した。

そうして家事をこなす傍ら、和成の助手も続けていた。

山に入って草花や昆虫を集めたり、その写生をしたり、ときには周りが見えない様子でふらふらと山奥に入っていく和成を力ずくで止めたりとこちらも忙しい。

資料の要点をまとめておいてほしいと頼まれることも増え、これまで触れることもなかった学術書を夢中で読むうちに夜を明かしてしまうこともしばしばあった。

ときには和成が男性オメガとつがいになったと聞きつけたお節介な親族が離れまでやってきて、「本当に男のオメガに子が産めるのか」などと苦言を呈してくることもあったが、そうしたときは大抵和成が庇ってくれた。

親戚の前で「これ以上の伴侶はいません」「できすぎた相手です」「こうして隣にいてくれるなら、他にはもう何ひとつ望みません」などと真顔で言い連ねるので、相手の方が圧倒されて帰ってしまう。

和成はそそくさと去っていく親族たちを見送っては「見たか、あいつの顔」とおかしそうに笑う。完全に面白がっている様子だ。

「どうせなら俺も何か言った方がいいですか？　和成さんに出会えたことが人生最大の幸福です、とか、もう離れられる気がしません、とか」

「いいな。俺たち二人がそんな調子じゃ、とんでもなく居心地が悪くなってあいつらもすぐ帰りそうだ。ぜひやろう」

完全な悪乗りだが、こういうやりとりが楽しくて仕方ない。夫婦というより悪友と一緒に暮らしているようで、五回目の結婚生活は予想外に心地よく過ぎていった。

しかし暁生がオメガである以上、どうしたってヒートはやってくる。

宇津木家に嫁いでから三か月が経った二月の末、倦怠感と熱っぽさを覚えた暁生は和成にそのことを伝え、離れの奥にある自室に引きこもることにした。

ヒートは大体一週間続く。暁生の場合、最初の三日間の症状が重い。高熱とひどい寒気に襲われ、喉の奥が腫れぼったくなって息がしにくくなる。頭や体の節々が痛んで眠ることができず、起き上がることも難しい。緩やかに熱が下がってくるのは四日目で、最後の二日は微熱程度に収まるので少しずつ身の回りのことができるようになる。

ヒート初日、自室にこもっていた暁生は布団の中で一人ガタガタと震えていた。

日も落ちて室内はすでに真っ暗だが、今は何時くらいだろう。布団の中にはむっとするような熱気がこもって息苦しいぐらいだが、体の芯は冷えきって震えが収まらない。

ヒート中は夜が長く感じる。普段なら布団に入って目を閉じればすぐ朝になっているのに、熱と悪寒と痛みに耐える夜は恐ろしく長い。

浅い眠りに落ちてはすぐ目覚めるということを繰り返していたら、襖の向こうでぎしりと廊下の床が軋む音がした。

瞬間、あれほど忙しなかった呼吸が止まった。全身に緊張が走る。

静まり返った室内に、するすると襖を開ける音が微かに響く。薄目を開けて廊下に目を向ければ、襖の向こうに和成が立っていた。

空気が揺れて、甘い匂いが室内に流れ込んでくる。アルファの匂いだ。

アルファの匂いは基本的に甘いが、人によって香り方は違う。沈丁花《じんちょうげ》のような酸味を伴う香りの者もいれば、くちなしのように重たい甘さをまとう者、はちみつを煮詰めたような香りの者もいる――らしい。

しかし暁生にはそうした嗅ぎわけができない。誰の匂いを嗅いでも、妹が持っていた匂い袋のようだとしか思わない。袋から甘い匂いがすることはわかるのだが、その内側で渦巻く香りの正体がわからないのだ。アルファの匂いを嗅いでも性的な興奮を覚えることがないのはそのせいかもしれなかった。

暁生は寝返りを打つ体力もなく、瞼を閉じて深く息を吐く。

夫婦になっても和成とは性交渉をしないと最初に約束していたはずだが、やはりオメガの匂いが気になるのだろうか。

　これまで嫁いだ相手は、無骨な見た目の暁生に対する落胆を隠さず、「期待外れだ」「オメガらしくない」と口を揃えて暁生を罵ってきた。それでいて、暁生にヒートが訪れると興味津々で寝所を覗きに来るのだ。

　暁生から漏れるフェロモンは他のオメガと比べればごく薄いが、それでも完全に匂いがしないわけではない。匂いを嗅ぎつけた夫たちは無遠慮に暁生の布団に潜り込んできて、事が終われば「やっぱり色気がないな」などと言いながら去っていく。そして一年が経つ頃には、暁生がヒートになっても顔を見せにすら来なくなるのだ。

　和成もそうなのだろうか。頭痛がひどくてものを考えるのも億劫《おっくう》だ。体を丸めて呻いていたら「暁生」と控えめに声をかけられた。

「……入っていいか？」

　ぎくりとしたが、自分に断るすべはない。はい、と掠れた声で返事をすると、和成が足音を忍ばせて室内に入ってきた。

　甘い匂いが濃くなって身を固くしたが、すぐに別の匂いが室内に充満して眉を寄せた。ドクダミを煎じたような、この強烈な匂いは一体なんだ。

　困惑しているうちに和成が枕元へ腰を下ろした。

「前回飲ませた薬を改良したものを持ってきた。被検体になってくれ」

匂いの正体は薬湯か。室内は明かりがついていないのでその手元がよくわからない。和成も手探りで周囲を探っている気配がして、「明かりをどうぞ」と促した。

「いいのか」と尋ねられ、呻き声で承諾する。すぐに行燈《あんどん》に火が入れられ、和成の姿が闇に浮かび上がった。一体どんな顔をしているのだろうと思ったが、和成は一切下卑《げび》たところのない案じ顔で暁生を見ていた。

その顔を見た瞬間、強張っていた全身の関節がゆるゆると緩んでいくのを感じた。

普段なら和成を担いで山を下りることすらできる暁生だが、ヒート期間中だけは体の自由が利かない。組み伏せられたら最後、ろくな抵抗もできず相手に好き勝手されるのは嫌というほど経験済みだ。嫌だ嫌だと思いながらも、受け入れるしかなかった苦しい夜を思い出す。

ゆるりと視線を動かすと、和成の持つ湯飲みに目が向いた。

「……そういえば、どんな薬でも飲むお約束で結婚してもらったんでしたね」

もがくように起き上がろうとすると和成が手を貸してくれた。その手に支えられどうにか上体を起こせたはいいが、体に力が入らずふらふらと和成の胸に凭れてしまう。

ヒート中にこんなにアルファに近づくのはさすがにまずいのではないか。慌てて身を離そうとするが、和成は動じたふうもなく「そのままでいい」と暁生の肩を抱き寄せた。片腕で暁生を支えたまま、もう一方の手で湯飲みを差し出してくる。

薬湯の入った湯飲みを受け取った暁生は、独特の匂いを放つ液体を見詰めてごくりと喉を鳴らした。毒と薬は表裏一体だ。被験体になる覚悟はしていたつもりだが、これがもし命にかかわるものだったら、と思うと唇が震えてしまう。

緊張しきった顔の暁生を見て、和成が眉を上げた。

「一応言っておくが、どの薬も全部事前に俺が飲んでる。薬効が知りたいだけで人体に害があるかどうかわからないほど危険なものを飲ませるつもりはないぞ」

なんだ、と胸を撫で下ろし、湯飲みに注がれた薬湯を飲み干した。

「飲んだか？　苦かっただろう。白湯《さゆ》を用意してあるからこちらも飲め。それにしても熱がひどいな。ちょっと待ってろ」

いったん部屋を出た和成が、水を張った桶と手拭いを手に戻ってくる。濡らした手拭いで暁生の額や首筋に浮いた汗を拭い始めたが、看病でもしてくれるつもりか。

礼を述べる合間も襲ってくる激しい頭痛に呻いていると、和成がぽつりと呟いた。

「ヒートというのはこういうものか」

暁生はうっすらと目を開け、わずかに唇の端を持ち上げた。

「……すみませんね、色気も何もなくて。思っていたのと違いましたか」

もっとあられもなく乱れるとでも思われていたのだろう。当てが外れたかと少し意地の悪い気分で思っていると、和成に小さく頷かれた。

「そうだな。お前はひどく、苦しそうだ」

こちらを見詰める和成の表情は痛ましげだ。本心からこちらを気遣ってくれている。それなのに嫌味っぽい言い方をしてしまったと反省して、暁生は声音を改めた。

「……貴方、大丈夫なんですか？　アルファなのに」

乱れる呼吸を抑えつけて尋ねれば、短い沈黙が返ってきた。暗がりに浮かび上がる和成の顔は、欲情を抑えているというよりは思案しているような顔だ。

「まるで何も感じないわけじゃないが……。そうだな、体温の上昇と発汗は認められる。酩酊《めいてい》状態に少し似ているか。思考が鈍るというか、甘い匂いに気を取られて意識が散漫になる感覚はあるな。だが理性を失ってお前に襲い掛かることはなさそうだ」

目を凝らせば、和成の額に薄く汗が浮いているのがわかった。少し息も弾んでいるようだが、目が合うと「問題ない」と笑いかけられる。

「前回看病したときよりお前の匂いが濃くなっているのはわかる。その分、俺の体の変化も顕著《けんちょ》だ。もしなんの予備知識もなくこんな状況に陥ったらさすがに動揺したかもしれないが、事前に調べておいたからな。書物にあった通りだと思うばかりだ」

水に浸した手拭いを絞りながら、和成は落ち着き払った口調で続ける。

「俺は、『自分はアルファだからオメガに襲い掛かってしまうのは仕方がない』とは思ってない。万が一理性がぐらついたらすぐこの場を離れる。安心しろ」

額に載せられた手拭いは冷たくて、上がりすぎた体温を冷やしてくれる。それなのに、どうしてか目の奥がじわりと熱くなった。

この人は襲ってこない、安心だ。

そう思ったら、体の奥で固く栓をしていたものが緩んでしまった。

暁生にとってヒートはただただ体調を崩すだけの苦しい期間だ。性的欲求などまるで感じていないのに、アルファである夫から「匂いがする」「誘っているのか」と組み伏せられる。せめて体調が万全であれば抵抗の一つもできるのに、ヒート中はそれすらおぼつかない。快感など欠片もなく、相手のいいように振り回されて受け入れさせられる。苦痛と屈辱に耐えるだけのあの時間がいつやってくるかもしれないという不安が、水に溶けるように薄れていく。

「どうした？　どこか苦しいのか？」

涙をこらえている暁生に気づいたのか、和成が心配顔でこちらの顔を覗き込んでくる。いいえ、と答えようとして声が詰まった。これまでのヒートもこの人がそばにいてくれたら、なんて考えが頭をよぎった瞬間、ドッと胸に押し寄せてきたのはごまかしようもない寂しさだ。

実家にいた頃も嫁いでからも、ヒート中は離れに押し込まれて誰も様子を見に来てくれなかった。あのときの不安や心細さが、今になってくっきりと浮き彫りになる。

「すみません、ちょっと……昔のことを思い出して」

涙声で呟くと、額に載せられていた手拭いでそっと目元を覆われた。

「薬を飲んだせいで気分が悪くなったとか、そういうことではないんだな？」

無言で頷くと、「ならいい」と軽く胸の辺りを叩かれた。

「これだけ熱が上がれば感情の制御も難しくなるだろう。今はゆっくり休んでくれ」

子供を寝かしつけるような優しい手つきに、瞼の裏が熱く潤んでいく。ヒート中のオメガを前にしたアルファなんて、自分の欲望をぶつけてくるばかりだと思っていたのに。

（この人は違う）

冷たい水を飲み干したときのように、清涼な感情が胸の内にしみ込んでくる。

そっと胸を叩く振動に身を委ねているうちに体の力が抜けてきて、気がつけば浅い眠りに落ちていた。

額から手拭いが離れる感触で目を開けると、代わりに大きな掌に額を覆われた。

「すまん、起こしたか？　……うん、やはり解熱の効果は出やすいようだな」

暁生の額に手を当て、熱を確かめながら和成が言う。眠っていたのはほんの数分かそこらだろうが、体を苛む疼痛がいくらか和らいでいる気がした。

「ヒート中の発熱に、解熱剤なんて効くんですね」

「そのようだ。家族はこういうものを飲ませてくれなかったのか？」

「……周期的にあるものですから。どうせ時間が過ぎれば治まりますし」

「でも、辛かっただろう」

また感情が波打ちそうになって深く息を吐いた。かつて自分が抱えていた感情を否定しようとすると抗議するように胸の内がさざめくので、「はい」と大人しく肯定する。

「辛かったです。薬はおろか看病してくれる人もいなかったので。でも、今は和成さんがそばにいてくれて、安心しています」

暁生の言葉に、和成は「本当か？」と眉を寄せる。

「ヒート中、アルファがそばにいたら落ち着かないだろう。ゆっくり休めず悪いとは思っている。だが新しい薬の効能はすぐそばで観察したいし、ヒートの症状の移り変わりもつぶさに見ておきたい。命の保証もできないような薬を飲ませるつもりはないが、こればかりは耐えてくれ」

そんなこと、と暁生は笑う。自分のような年の離れたオメガと籍を入れてくれたのだ。もっと無茶な要求を突きつけてきてもいいくらいなのに、随分と優しいことを言う。

「本当に、こうしてそばにいてもらえると安心するんですよ。幸い俺はアルファの匂いを嗅いでもどうこうなる体質ではないので」

「では、俺がここにいてもさほど不快ではないのか？」

もちろん、と頷けば、目に見えて和成の表情が緩んだ。

「そうか。オメガによって感じ方は違うんだな。俺の母もオメガだったが、ヒート中は父以外のアルファが屋敷の玄関を跨いだだけで悲鳴を上げていた」

「そうでしたか……。つがいを持つとまた反応が違うのかもしれませんね」

「つがい以外のアルファの匂いは受けつけないものなのかもな。そういうときの母は半狂乱で……看病をするどころか、近寄ることさえできなかった」

目を伏せて微かに笑う和成の顔に影が落ちる。もしかすると和成は子供の頃、こんなふうに母親を看病してあげたかったのかもしれない。

「お喋りにつき合わせてしまったな。少し目を閉じた方がいい。眠れなくても体が休まるだろう」

桶に浸していた手拭いを絞った和成が、再びそれを額に載せてくる。手が離れていく途中、体温を確かめるように指の背で頬に触れられて吐息がこぼれた。

指先から甘い香りがする。仄かに漂う優しい匂いだ。

和成の手が離れても残り香は鼻先に漂い、暁生はとろりと瞼を閉じた。

和成に見守ってもらいながら長い夜を明かし、目覚めると辺りが明るくなっていた。

いつもなら最初の二日はろくに眠ることもできないのに、かつてなくまとまった睡眠をとった感覚がある。頭痛や関節の痛みもいつもよりましだ。和成に飲ませてもらった薬のおかげだろうか。

ぼんやりと室内に視線を巡らせるが、一晩中そばにいてくれたはずの和成の姿がない。さすがに部屋に戻ったか。

外はまだ夜が明けて間もないらしく、鳥の鳴き交わす声がする。それに耳を傾けてまたうつらうつらしていたら、廊下に面していた襖がすらりと開いた。

「起きたか？」と声をかけて室内に入ってきたのは和成だ。昨日の夜から着替えていないらしく、シャツにズボンという洋装のままである。

休んでくださいと言おうとしたが、鼻先を甘い匂いが過って口をつぐんだ。甘いと言ってもアルファの匂いではない。もっと慣れ親しんだこれは、米の匂いだ。

「……この匂いは」

「粥《かゆ》だ」

独白めいた暁生の言葉に素早く答え、和成が枕元に腰を下ろす。その手には椀《わん》と匙《さじ》が握られ、椀からはふわりと湯気が立っていた。

「こんな早い時間に、母屋から食事が運ばれてきたんですか……？」

「いや、俺が作った」

えっ、と思わず声を上げてしまった。

「作ったんですか？　でも前は、『男が台所に立ち入るなんて』って……」

「言ったが、男女関係なくできることは多い方がいいとお前に言われたからな。考えを改めた。もし食べられそうなら食べてみてくれ」

誰に強制されたわけでもなく、自らの意志で調理に挑戦してみる気になったらしい。そのことに、胸の底で何かがくすぶった。何が引っかかったのだろう。自分でも感情の正体が摑めないまま、和成に背中を支えられて布団の上に身を起こした。

椀によそわれた粥を受け取り、匙ですくって口に運ぶ。塩気の利いた粥は柔らかく、食欲がなくてもゆっくり嚙みしめていれば抵抗なく喉を落ちていった。

「……美味《おい》しいです」

「そうか！　よかった。実際にやってみると家事もそう悪いものじゃないな」

満足そうに笑う和成の顔を見た途端、柔らかな粥が胸の辺りでつかえた。

土砂が崩れるように脳裏になだれ込んできたのは、自分が初めて台所に立った日の記憶だ。あのとき自分は、こんなふうに満面の笑みを浮かべることができただろうか。

バース検査を受けるまで、暁生も滅多に台所に立ち入ることはなかった。少し前の和成と同じく、炊事場は男が入る場所ではないと思っていたからだ。

それがオメガと判明するや、周囲から当然のように台所に立つことを強いられた。勉強をしている暇があったら料理の一つも覚えろと命じられ、大いに戸惑ったことを思い出す。

こんなはずではなかったと奥歯を噛みしめた日々が蘇り、暁生は空になった椀を静かに膝に置いた。

「……俺も家事は嫌いじゃないです。食事を作るのも、洗濯をするのも、掃除をするのだって。料理の味つけが上手くいったときは嬉しいですし、無駄を省いて最小限の時間で一日の仕事をやり終えたときは達成感を覚えます」

椀の中に視線を落とし、暁生は呟く。

「でも俺は、できることならやるかやらないかの選択をしてみたかった。貴方みたいに、自分の意志で。そうできなかったのが、今更のように悔やまれます」

それはオメガになってから今日まで、誰にも打ち明けたことのなかった本心だった。

家事は重労働だ。男手があった方が早く済むものは多い。自分は手際よく家事を片づけられる方だと思うし、周りからも重宝される。家事そのものは嫌いではない。けれど、オメガだからと当然のように押しつけられたことが悔しかった。

過去の感情を噛みしめていたら頭がぐらぐらと煮えてきて、不安定に体が揺れる。

こんなことを言っても仕方ない。生まれ持った第二性は変えられない。わかっていても遣る瀬無かった。

男女の性にしろ第二性にしろ、その人が持つ性質よりも性別というもので役割が決めつけられてしまうこの世の中はなんなのだろう。

男は台所に入らない。女に学問はいらない。オメガは子供を産まなければならない。アルファは結果を出すのが当然。しがらみばかりだ。

「俺は外見こそ男ですが扱いは女です。そのせいか、ベータの女性を見ていると胸がひりひりすることがあります。俺は男だから、オメガでさえなければもっと学ぶことだってできたけれど、彼女たちには端からそんな選択肢もないんだな、と思ってしまって。きっとこんなこと、オメガでなければ考えもしなかったことなんでしょうが」

喋っているうちに息が上がってきた。膝の上から椀が転げ落ちる。自分でも話の着地点が見えない。男の話と女の話。男でありオメガである自分の話はどこに差し挟めばいいのだろう。ぐらぐらと立ち位置が定まらない。

体の芯がぶれ、前のめりに倒れそうになったところで横から和成に肩を抱き寄せられた。広い胸に抱き留められ、もう体を起こしている体力もなく和成に凭れかかる。

和成は暁生を自分の方に寄りかからせたまましばらく何も言わなかった。ややあってからようやく「考えたこともなかった」と低く漏らす。

和成の胸に凭れたまま、それも無理からぬことだと溜息をつく。世の中は男性優位にできている。けれど暁生も、自分が優位な側にいるときはその事実に気づけなかった。誰かに足を踏まれている人間より、踏みつけにしている人間の方がずっと鈍感だ。

「……すみません、妙なことを言って。忘れてください」

力なく呟くと「なぜ」と問い返された。

「お前はバース検査を受けるまで男として育てられてきたんだ。オメガとわかるや女として扱われるようになって、思うところは山とあるだろう。理不尽をどうしてやることもできないが、せめてお前の考えを聞かせてくれ」

暁生は伏せていた目を上げ、熱で潤んだ瞳で和成を見上げる。

「そんなもの、聞いてどうするんです……？」

「新たな知見が得られる。十分価値のあることだ」

言い切って、和成は暁生の頬を片手で包んだ。

「また熱が上がってきてるな。薬を持ってくるから飲んでくれ」

言うが早いか、和成は暁生を布団に寝かせ部屋を出ると、すぐに薬湯の入った湯飲みを手に戻ってきた。再び抱き起こされ、苦い薬を差し出される。

味はひどいが、和成の薬を飲むと格段に体が楽になる。実感としてそれがわかってきたので、大人しく薬を飲み干して布団に横たわった。

「少し落ち着いたか？」

額に和成の手が載せられる。冷たいそれが心地よく、暁生は溜息交じりに呟いた。

「俺は男なのに女の気持ちが少しだけわかって、でも女の集団に交じってもやっぱり女にはなれなくて、なんだか身の置き所がないんです。アルファの女性はオメガよりずっと丁重に周囲から扱われているはずですが、やっぱり同じような息苦しさを感じているんじゃないでしょうか」

「どちらにも属せない苦しさか……」

和成は胡坐をかいた膝に肘をついて、暁生の顔を覗き込む。

「お前のそのもどかしい気持ちを、俺はきっと一生理解できないんだろう。でも、わからないからといってそれをなかったことにはしたくない。だからこれからもお前の考えていることを教えてくれ。俺も一緒に考えたい」

「……新たな知見を得られるからですか？」

自分の言葉をなぞり返された和成は眉を上げ、悪戯っぽく笑う。

「いや、夫婦だからだ。長くともに歩む相手の胸の内を知っておきたい」

冗談めかした口調に、暁生も小さく笑い返す。

和成は普段から暁生と議論をしたり一人で思索をしたりするのが好きだから、ああでもないこうでもないと言葉を重ねること自体を楽しんでいるのだろう。趣味の延長なのだとしても、こちらの話を真面目に聞いてくれたのが嬉しかった。他の人間に女性やオメガの息苦しさを語ったところで「何をわかったような口を」と鼻で笑われるのが関の山だ。

「俺も、貴方の考えが知りたいです」

小さな声で呟くと、うん、と頷き返された。とろとろと重くなってきた瞼の上に、和成の手が載せられる。

「少し休め。起きたらまた話をしよう」

和成の手から仄かに甘い匂いがする。

目を閉じると、匂い袋の口を固く縛っていた紐が緩む光景が頭に浮かんだ。その瞬間、何ともたとえようのなかった薄ぼんやりとした香りが瑞々しい花の香りにすり変わる。

（……梅？）

春先に微かに香る花の姿を思い出しながら、暁生はうっとりと眠りに落ちた。


嫁いで初めてヒートを迎えた暁生のそばに、和成は本当に一週間侍《はべ》り続けた。

大学に行かなくていいのかと暁生の方が心配したが「これも研究の一環だ」と言って暁生のそばを離れようとしない。

実際、薬を飲んだ暁生の状態を子細に記録していたので何かの資料には使われるのだろう。そういうことならと暁生も遠慮なく和成に看病してもらうことにした。

それからさらに三か月後、新緑が眩しくなる五月の終わりに二度目のヒートを迎えた際も、和成は暁生の枕元にずっといてくれた。

そばに誰かがいてくれるという安心感のせいか、あるいは和成が飲ませてくれる薬の効果か、嫁いでからヒートの症状がかなり和らいでいる。おかげでヒート中の会話も弾み、この頃にはそれを二人の間で『ヒート問答』と呼ぶようになっていた。

問答の内容は自然と男女間の格差のこと、第二性についてのことが多くなる。

アルファやベータ男性を優遇する世の中に対して異を唱える暁生に、和成は同調してくれるときもあれば反論することもある。女性だけ家事をするのはおかしいという暁生の言葉に関しては、半分だけ納得してくれた。

「薪割りや水汲みなんかの力仕事は男がした方が効率はいいだろうな。だが男には別にやるべきことがある。学問の研究などは女性には難しいだろう」

「女性だって機会があればいくらでも研究の道に進めると思いますが」

「……そうか？」

「やらせる前からどうして決めつけるんです？　オメガ男性みたいに機会を奪われてるだけかもしれないじゃないですか」

などと喧嘩じみたやり取りになることもあったが、大抵ヒートが終わる頃には仲違いも終わっている。

和成の研究助手のようなことも続けている。その傍ら、和成から基礎的な科学知識や数学などを教えてもらう機会も増えた。

和成から教わったことを反芻《はんすう》しながら研究の手伝いをしていると、実践的な知識が身につくと同時に自分の見識にどれほど欠けがあるのかも痛いほどよくわかる。教えてもらうのを待つばかりでなく、自分でも貪欲に知識の吸収に努めた。その行為を咎める者も、オメガのくせにと眉を顰める者もこの離れにはいない。かつてなく充実した日々だ。

結婚してよかった、と初めて思えた。この生活がずっと続けばいい。

暁生の体に変化が生じたのはそう思っていた矢先、嫁いでから三回目のヒートを迎える直前のことだった。

＊＊＊

八月に入り、連日セミの大合唱が夏の空気を震わせている。

大学に行く和成を見送った後、井戸の前で洗濯をしていた暁生は額の汗を拭った。俯いた後頭部が日差しに焼かれて熱い。着物の下にシャツを一枚着る気には到底なれず、梅雨《つゆ》明け頃から暁生はチョーカーをつけるようになった。首を締めつける感触が煩わしいが、暑いよりはましだ。

物干し場に洗濯物を干した暁生は一つ伸びをしてから母屋へ向かう。表玄関には回らず、いつものように勝手口から母屋に顔を出した。

「あれ暁生さん、また手伝いに来たの？」

すでに昼餉《ひるげ》の準備を始めていた女性の使用人が暁生に気づいて声をかけてくれた。

暁生は普段から暇を見ては母屋の仕事を手伝っている。力仕事も積極的に引き受けているおかげか重宝され、暁生がオメガと知った今も使用人たちは好意的に接してくれる。

早速手伝いを始めようとしたところで、思いがけない言葉をかけられた。

「そういえば、今母屋に和成様もいらしてるみたいだね」

思わぬ言葉に目を瞬かせる。今朝和成を大学に見送ったときは、夕餉の時間までは帰らないと言われていたのだが。急に予定が変わったのだろうか。

しばらくは台所の手伝いを続けていたが、やはり気になってそっと勝手口から外へ出た。少し迷ったものの、そのまま母屋の庭に足を向ける。

人目につかぬよう庭木の陰を縫って歩いていると、屋敷から低い声が響いてきた。

「子供を産むのは絶対条件だ。でなければお前の道楽にもこれ以上はつき合わないぞ」

聞く者を委縮させるほど威圧感のあるこの声は、徳則のものだ。美しく刈り込まれたイヌツゲの裏で立ち止まった暁生の耳に、また違う声が飛び込んでくる。

「道楽というのは大学の研究のことを言っているんですか」

この声は和成だ。イヌツゲの裏から顔を覗かせ声の出所を探してみると、母屋の縁側に徳則が立っていた。和成は靴を履いて庭先に立ち、硬い表情で徳則を見上げている。

正月に顔を合わせたときと違い、今日は徳則も背広を羽織った洋装だ。どこかに出かけるところだったのか片手にステッキを持ち、頭に中折れ帽をかぶっている。

徳則はステッキの先を和成に向け、「何が研究だ」と鼻先で笑う。

「外科医にでもなるつもりかと思って大学へ行かせてみれば、薬学の道に進むなんぞ道楽以外の何ものでもない」

完全に嘲る口調だ。薬学だって人の命を救う立派な学問だろうに。暁生も和成の薬を飲むようになってからというものヒート中の苦痛が軽減している。立派だと褒められこそすれ、貶《おとし》められる理由など一つもないはずだ。

聞いている暁生の方がやきもきしたが、当の和成は眉一つ動かさない。すべての感情を洗い流したような無表情だ。

それは見覚えのある表情だった。身に覚えがあると言った方が近いかもしれない。

あれは暁生が、男性オメガであることを周囲から揶揄されるときに作る表情そのものではないか。

きっと和成は父親とのこんなやり取りをもう幾度となく繰り返してきたのだろう。自分のやりたいことを貶され、馬鹿にされ、どんなに言葉を尽くしても跳ね返され、それですっかり諦めて、何を言われても何も感じない振りでやり過ごそうとしている。

胸が詰まる想いがした。

徳則は和成の顔色など気に留めた様子もなくステッキを振り回す。

「お前もアルファに生まれた以上は自分の義務を忘れるな。アルファを生んでくれるならつがいのオメガにこだわる必要もない。妾《めかけ》が必要ならいくらでも外に囲え。産まれた子供がアルファならすぐにうちで引き取ってやる」

それまで大人しく徳則の言葉に耳を傾けていた和成の顔色が俄《にわ》かに変わった。頬を強張らせて徳則を睨みつけるその横顔は、血の気が引いて真っ青だ。

体の脇で拳を握りしめ、今にも徳則に飛び掛かりそうな顔をしている和成に気づいて、暁生はとっさに庭木の裏から飛び出した。

「和成さん！」

庭先に暁生の声が響き渡り、和成と徳則が同時にこちらを振り返る。

突然現れた暁生に驚いたのか、和成の顔から怒りの表情が飛んだ。一方の徳則は暁生に対する嫌悪感を隠そうともせず、苦々しげに顔を顰《しか》めて言い放つ。

「まだ子供も産んでいないオメガが母屋にまで顔を出すな。厚かましい」

そう言い捨てて徳則がこちらに背を向けた瞬間、今度こそ和成が拳を固めて縁側に上がり込もうとしたので慌ててその体に飛びついた。

「和成さん、行きましょう……！」

和成の右腕に縋りつくようにして懇願する。

和成は廊下の向こうに去っていく徳則の背を憤怒《ふんぬ》の表情で睨みつけていたが、その姿がすっかり見えなくなると黙って自分も踵を返した。暁生も和成の腕にしがみついていた手を離してその背中を追いかける。

離れに戻った暁生は、茶の間に上がった和成に「お茶でも飲みますか？」と声をかける。和成はちゃぶ台の前に腰を下ろすと首を振り、無言で暁生を手招きした。言われるままその隣に膝をつくと、深々と頭を下げられる。

ぎょっとする暁生に、和成は顔を伏せたまま言った。

「父の非礼を詫びさせてくれ。あんな言葉を聞かせて、本当にすまなかった」

「え、あ、母屋に来るなって話ですか？　でしたら気にしてませんし、これからも行きますよ。使用人の皆さんとは仲良くさせてもらってますし」

和成は伏せていた顔を上げると「それもあるが」と言いにくそうに口ごもった。

「……妾を取れと言ったことだ」

口にするのも憚《はばか》られる、という顔つきで苦々しげに呟かれたが、対する暁生は、はあ、と気の抜けた返事をした。

「まあ、金銭的に余裕のある男性が妾を囲うのは珍しいことでもありませんし」

余程ぴんとこない顔をしていたのだろう。和成に睨まれてしまった。

「ベータ同士の夫婦ならまだしも、お前はオメガだぞ？　俺たちはつがいになったとも伝えてあるのに、他のオメガをあてがおうなんてまともじゃない。もしもお前と他のオメガのヒートが重なったらどうする。どちらかは放置されて苦しむ羽目になるだろうが」

「そ、そうですね、確かに」

暁生はヒート中にアルファを求めて悶え苦しむような状況になったことがないのですぐには理解が及ばなかったが、一般的なオメガにとってはゆゆしき問題だ。

（もし本当に和成さんが他のオメガを妾にすることになったら、どうなるだろう）

ヒートが重なることがあれば、和成は症状の軽い暁生よりもう一人のオメガを優先せざるを得なくなるだろう。そちらを手厚く扱ううちに、この離れには帰ってこなくなってしまうかもしれない。

想像したら、みぞおちの辺りがひんやりと冷たくなった。

この家に嫁いでくるまで、ヒートは一人でやり過ごすものだった。けれど今は和成がずっと枕元にいてくれて、薬を飲ませてくれたり汗を拭いてくれたり甲斐甲斐しく面倒を見てくれる。あれを知ってしまった今、前のように一人でヒートを過ごせるだろうか。

一人でヒートをやり過ごしながら、和成は今頃別のオメガと一緒にいるのだと想像するのはどんな気分だろう。

「父はオメガのことなど一切考慮しない。そういう人なんだ」

和成の苛立たしげな声に思考が断ち切られる。自分でも思った以上に動揺していることを和成に悟られぬよう、姿勢を正して相槌を打った。

「父は母の他にも複数の妾を持っていた。全員オメガだ。とにかくアルファの子供が欲しかったらしい。海外の研究では、最もアルファが生まれやすいのはアルファとオメガの夫婦からだという結果が出ているらしいからな。華族でもなんでもない父にとって、アルファであること、アルファの息子がいることは爵位に匹敵する価値があるんだろう。ゆくゆくは代々アルファを輩出している家系とでも銘打って上流階級の仲間入りをする腹積もりだろうな。だから最低でも三代は続いてほしいんだろう」

それでアルファの孫なら自分が引き取るとあれほど強く主張していたのか。

「せめて兄たちのどちらかがアルファだったら良かったんだが……あいにく兄弟の中でアルファは俺だけだ。おかげで所帯を持っても家から出られない」

「……少しやりすぎな気がしますが」

「少し？」と和成は唇の端を持ち上げる。

「少しどころじゃない。アルファに対する父の執着は異常だ。ベータの兄にオメガの妻を娶《めと》らせたくらいだからな」

「それじゃあ、母屋で暮らしているお義姉さんも？」

「オメガだ。統計ではアルファとオメガの夫婦の次に、ベータとオメガの夫婦からアルファが生まれやすいとされているらしいが……それにしたって正気の沙汰じゃない。一週間近く続くオメガのヒートにベータがつき合うなんて土台無理な話だ。どうしたってオメガに負担がかかる。兄も最初は渋ったが、最後は父に押し切られた」

この家では徳則の言葉が絶対ということか。正月に親族が集まったときも徳則の言葉を遮る者はおらず、皆怯えたように俯いていた。真っ向から反論していたのは和成くらいだ。

「アルファはオメガと違って定期的なヒートがない。オメガのフェロモンに誘発されてヒートに入るから、オメガと接触さえしなければヒートとは無縁の生活を送れる。そのせいで、どうしたってオメガの苦痛に対して無頓着になりがちだ。ヒート中も父に放置された母は衰弱して、俺が六歳のときに亡くなった」

何人もオメガの妾を囲っていた徳則は、和成を出産して以降本妻に妊娠の兆しがないと見ると、妾のもとにばかり通うようになってしまったという。

「父だって、つがいのいない状態で過ごすオメガがどれほど苦しむか知らなかったわけじゃないだろうに。あれほど母を苦しませておいて、俺にまで妾を取れなんて言うのが許せなかったんだ」

和成は語気荒く言い放ち、改めて暁生に顔を向けた。

「俺はお前を母と同じ目に遭わせる気はない。絶対だ」

強い口調で断言され、硬くなっていたみぞおちの辺りが安堵で緩んだ。

しかし庭先で聞いた徳則の言葉を思い出すと、無邪気に喜んでばかりもいられない。

「でも、このまま俺に子供ができなかったら和成さんの立場が……」

「そうだな。もう大学には通えなくなるかもしれない」

「せっかく立派な研究をしているのにそんなもったいない……！　徳則様には創薬の素晴らしさをわかっていただかないと！」

「無駄だ」と呟いて、和成は疲れたような顔で笑った。

「仕方ない。アルファのくせに、アルファの子をなすこともできない俺にはなんの価値もないんだ」

その言葉に、暁生は横っ面を張られたような衝撃を受ける。

子をなさなければ価値がない。それはいつだってオメガに向かってぶつけられる言葉のはずだった。

嫁ぎ先では子供が産めないことをいつも責められたが、アルファである夫がその非をなじられたことは一度もない。アルファは優秀だから、上手くいかない原因をそこに求められることは決してないのだ。

そう思っていたのに、今の和成の言い草はなんだ。アルファはオメガと違って、どこに行ってももてはやされ、優遇されるものではないのか。

唖然とする暁生の胸の内を読んだかのように、和成は肩を竦める。

「アルファであればいいことばかりというわけでもないぞ。ベータからはやっかまれるしな。今日なんて大事な資料を池に放り込まれた」

「……はっ？　どうしてそんな」

「よくある嫌がらせだ」と和成は肩を竦める。

大学の講義でも使う資料である。すぐ家に取って返して徳則に新しい本を買わせてほしいと頼み込んだが了承は得られず、それであんな会話になったらしい。

「大学も周りはベータばかりで、事あるごとに俺だけアルファだから贔屓《ひいき》をされているんだとやっかんでくる。こんなことならいっそ、俺もベータに生まれれば……」

最後の一言はほとんど独白に近かったが、和成ははたと口をつぐむと暁生を見て、「すまん」と謝罪をしてきた。何に対する謝罪かわからず目を丸くしていると、力なく頭を下げられる。

「オメガだからという理由で学問を取り上げられたお前にとっては随分と甘ったれた言い草に聞こえるだろう。アルファのくせに被害者面をして……不快にさせて悪かった」

そんな理由で謝られるとは夢にも思わず、暁生は大きく首を横に振る。

どう足掻いても変えられない第二性ゆえに疎まれ、勉学に集中できなくなるくらいなら、いっそベータに生まれたかったと口にする和成の気持ちは理解できた。だがそんな言葉がベータやオメガの反感を買ってしまうことを、和成は身をもって知っているのだ。

気がつけば、姿勢を正して「和成さん」とその名を呼んでいた。

「俺の前でくらい本音を口にしてください。弱音もたくさん吐いてください」

暁生に苦言の一つも呈されると思っていたのだろう。どこか身構えた表情だった和成の顔からすとんと表情が抜け落ちた。

暁生は和成から視線を逸らすことなく言葉を重ねる。

「アルファという立場にいる貴方の苦悩を、俺が腹の底から理解することはできないと思います。でも、貴方が何を苦しいと思っているのかは知っておきたいです。そうすれば無闇に貴方を傷つけなくて済むでしょう」

アルファはいいですね、なんて何気なく口にした言葉が和成の心を苛むこともあるかもしれない。その可能性に気づいたからには、きちんと話をしておくべきだ。

和成は目を瞬かせ、自分も少し姿勢を正した。

「弱音を吐けと？　俺は男なのに？　その上アルファだぞ？」

「落ち込んでいる人間に男もアルファも関係ないでしょう。いいんですよ、心が参ってしまったときは愚痴っても。不平不満を吐き出してください」

「だが、アルファに特権があるのは事実だ。オメガのお前から見たら、俺の悩みなんて愚にもつかないものだろう」

「どんな立場の人間にも悩みはあります。それを否定するつもりはありません。それともオメガの俺では貴方の弱音を受け止めることはできませんか？　オメガではなく、アルファ同士ならわかり合えるんですか」

予想外の方向から飛んできた質問に、和成は明らかに動揺した顔で視線を揺らす。

「いや、無理だ。アルファ同士は張り合う。父と俺を見れば一目瞭然だろう」

「お兄さんたちはどうです？」

「兄たちは大学の連中と一緒だ。何をしてもやっかまれる。この離れだって、父が俺を甘やかして建てたと思ってる。だから結局、弱音は自力で始末するしかないんだ」

「俺はそうは思いません」

諦観の交じる表情で呟かれた和成の言葉を、暁生は躊躇なく撥《は》ねつけた。

「貴方はアルファですが、その前に俺の伴侶です。一生添い遂げる相手です。だから、長年連れ添う俺にだけは弱音も本音も教えてください。夫婦なんですから」

胸を張って言い切ると、和成の顔に驚愕の表情が浮かんだ。

息すら止めてしまったように硬直する和成を見て、暁生は眉を吊り上げる。

「前に和成さんだって俺に同じことを言ってくれたじゃないですか。それなのに、どうして自分が言われたらそんなに驚くんです」

夫婦だから胸の内を知りたいと、最初にそう言ってくれたのは和成の方だ。

和成は我に返った顔で目を瞬かせ、小さく首を横に振った。

「俺がお前に対してそう言ったのは、それが強者の務めだと思ったからだ。アルファが立場の弱いオメガに寄り添うのは当然で……」

「俺が弱者ですか」

「し、社会的な立場が悪いのは事実だろう」

和成は歯切れ悪く反論したものの、晩生に睨みつけられしおしおと肩を落とした。

「……いや、これも偏見だな。勝手にオメガを憐れんで、悪かった。でも」

何か言いかけたものの、言い訳になるとでも思ったのか和成は言葉を濁してしまう。

「でも?」と晩生に促され、重たげに口を開く。

「俺の母親は父の帰りを待っていつも泣いていたし、最後は衰弱して亡くなった。そのせいか、どうしてもオメガに母の印象を重ねてしまうんだ」

痛々しげに呟く和成を見て、優しい人だな、と改めて思った。そうやってオメガの母親に寄り添おうとしていたからこそ、同じオメガである晩生のことも邪険にせず、胸の内を聞き出そうとまでしてくれたのだろう。だが、儚い母親と自分を重ねられては困る。

「でしたら認識を改めてください。世の中にはこんな無骨なオメガだっているんです。支えてもらわなくても自力で立てますし、多少寄りかかられたって問題ありません」

胸を張って断言した晩生を見て、和成がぽかんと口を開ける。しばらくそのまま固まっていたが、やがてその口元に笑みが上り、最後はふはっと息を吐くようにして笑った。

一緒に笑おうとしたら急に和成が上体を傾けてきて、肩に頭を寄せられた。目の前で和成の髪が揺れ、ふわっと甘い匂いが鼻先に届く。

息を呑んだ暁生に気づかず、和成は肩を震わせて笑う。

「こんなに頼りがいのあるオメガがいたなんて知らなかった。俺はまだまだ世の中のことをよく知らないな」

「……俺も、こんなにオメガの言うことを聞いてくれる素直なアルファがいたなんて驚きです」

ふふ、と和成が笑うたび、甘い香りが強くなる。まるで咲き初めの梅の花のようだ。冬の冷たい空気に流れ出す、凛とした香りによく似ている。

以前はもっとぼんやりと甘いだけだった気がするのだが。和成のまとう香りが変わったのだろうか。それとも自分の嗅覚に変化が生じているのか。

考えこんでいたら肩に感じていた重みがふっと消え、花のような香りも遠ざかる。

「大学で研究している薬だが、実はオメガのための薬なんだ」

「オメガの？」

「ああ、ヒート中お前に飲ませている薬があるだろう。今は解熱効果くらいしか見込めないが、いずれはオメガの性衝動を抑えられる薬効を加えたい。定期的に薬を服用することで、オメガのヒート自体を抑える薬を開発したいんだ。そうすればオメガも外に働きに出ることができるようになるだろう」

今度は暁生が目を丸くする番だった。

現状、オメガに働き口はない。数か月に一度とはいえ、丸一週間もまともに働けなくなってしまうのだ。ヒートは三か月ごとに訪れるので、一年間で四回、年間一月近くも休みを取らなければいけないことになる。

世の中は日曜を休暇日、土曜を半日休暇と定め、大きな会社などはその通り社員を休ませているらしいが、そんな働き方をしているのは大企業に勤めるごく少数の者ばかりだ。商家などに住み込みで働く奉公人たちは週に一度の休みどころか、年に二日の藪入《やぶい》りがあればいい方で、それを思えば年間一月近くも休みを必要とするオメガを雇うなんて酔狂としか言いようがない。

加えてヒート中は人語も危うくなるほどフェロモンの影響を受けるオメガが多い。住み込みの仕事は不可能、長屋暮らしも危険だ。だからオメガにはアルファに嫁ぐか女郎屋に売られるくらいしか道がないのである。

（でも、もしもヒートを抑制する薬があったら）

想像しただけで期待に心臓が高鳴った。

オメガとわかるや実家の離れに押し込まれ、婚家をたらい回しにされる中で、自ら稼ぐ手立てがあればと何度となく夢想してきた。それが叶うかもしれない。

興奮して頰が火照ったが、和成の言葉には続きがあった。

「だが、それを周りに伝えたら『オメガのためにわざわざ？』『そんな薬に需要なんてあるのか?』なんて鼻で笑われてな……」

「ありますよ、需要！」

　和成の言葉を遮って叫べば、「お前ならそう言うだろうと思った」とおかしそうに笑われた。

「ヒートを抑制する薬を必要としているオメガは多くいると思う。だがオメガの数が圧倒的に少ないのも事実だ。苦労して薬を作ったとしてもさほど数はさばけない。製薬会社としても、一から開発する労力を考えると腰が重くなる案件だろうな」

　それからもう一つ、と和成は人差し指を立てる。

「オメガ以外の人間にとっては、そこまでしてヒートを抑えなければいけない理由がない。世の中にはオメガのことを、アルファを産みやすいことが唯一にして最大の取り柄、なんて思っている連中もいるからな」

　その筆頭が徳則のような人間だろう。彼らにとってはむしろ、アルファを床に誘うためにもオメガにはヒートがあった方がいい。そういう人々はオメガが自立する必要性を感じておらず、だから和成の考えを鼻先で笑い飛ばすのだ。

　自活して、一人で生きられるものならそうしたい。ヒートになんて煩《わずら》わされたくない。そうしたオメガたちの本音は、圧倒的多数のベータとアルファに黙殺される。

　当事者であるオメガたちの力ではどうにもならない状況が歯痒くて俯けば、和成に肩を抱かれた。大きな手で励ますように強く肩を摑まれ、どうにか顔を上げる。

「俺は母の姿をずっと見ていた。父が来ないだけで衰弱していくあの姿を見て、どうしてオメガばかりこんな目に遭うんだと悔しくなった」

和成はこちらに横顔を向け、遥か遠い目的地を見定めるような目をして言いきった。

「俺は、母のような立場にいるオメガを救いたい」

強い意志を秘めたその顔を見て、和成は本気だ、と強く感じた。周りから嘲笑されても、反対されても、くじけることなく前に進もうとしている。

「俺も……いつかその薬が欲しいです。ぜひ完成させてください。和成さんならできるはずです。日々寝食も惜しんで研究しているんですから」

少しでもその背を押せればと声を上げたが、返ってきたのは喜んでいるとは言い難い複雑な表情だ。何か気に障ったかと慌てて口をつぐむと、和成の顔に苦笑が浮かんだ。

「そういうのはアルファの特性らしい。一つのことに没頭すると周りが一切見えなくなる。度が過ぎるとつがいすら顧《かえり》みなくなるそうだ。父も仕事では大成したが、母のことはおざなりにした」

暁生の肩を抱いていた腕を下ろし、和成は膝の上で両手を組んだ。オメガを救いたいと言った凛々しさから一転、背中を丸めて自信なげに呟く。

「だから俺は、つがいを持つことも子を持つこともしたくなかった。どれほど父を憎んでも、蔑《さげす》んでも、俺にも父と同じアルファの血が流れている。つがいを持てば父と同じように相手を蔑《ないがし》ろにしてしまうかもしれない。それを確認するのが嫌で、ずっとオメガとつがいになることを拒んでいたんだ」

「なら、お父様の二の舞にならないよう気をつければいいだけの話じゃないですか」

「気をつけるだけで、父と同じ道を歩まずに済むだろうか」

呟いて、和成は憂《うれ》い顔を浮かべた。

「アルファの血を繋ぐことに心血を注いでいるあの人の考えには何ひとつ共感できないが、それでもあれだけ事業を拡げた手腕には感服している。アルファとしては、俺より父の方が格上だ。そんな父にすらできなかったことが、俺にできるだろうか」

越える術のない壁の前で立ち尽くしているかのように和成は項垂れる。それを見て、暁生は片方の眉を吊り上げた。

「そんなのやってみないとわからないでしょう！」

言葉とともに勢いよく和成の背中を叩く。小さくむせてこちらを振り返った和成に、暁生は強い口調で言い放った。

「まずはオメガのための薬作りを全力でやってください。他のことなんて気にしなくていいです。それでもし俺が和成さんから蔑ろにされていると感じたら、遠慮なく文句をつけてやります。そのとき一瞬だけ振り返ってくれれば十分です」

礫《つぶて》のように飛んでくる暁生の言葉を無言で受け止めていた和成は、暁生が口を閉ざすと気が抜けたようにふっと笑った。

「お前と一緒にいれば道を違えずに済みそうだな。ちなみに、薬ができたらお前は何をしたい？　何か夢はないのか？」

目先を変えるように尋ねられ、暁生はしばし黙り込んだ。

「……俺の夢は、隠居生活ですね」

「随分と枯れた夢だな」

「でもそうなれば、もうどこにも嫁がなくて済むんですよ」

静かな口調で口にすれば、和成の顔に浮かんでいた笑みが消えた。

「オメガに生まれた以上、どこかに嫁いで養ってもらうしか生きていく道はありません。だからこれまで、親が持ってくる縁談を断ったことは一度もありませんでした。でもアルファに媚《こび》を売って生きていくのは、自分の矜持《きょうじ》が許しませんでした」

自分はオメガだが、性自認は男だ。アルファといえども同じ男に組み伏せられるのは屈辱でしかない。そんなふうに思うのは自分がオメガとしての性質に欠けているせいかもしれない。でもどうしようもない。自分の心に嘘はつきたくない。

「そんな態度だったので何度も出戻って、いよいよどこにも嫁ぎ先がなくなったら、そのときは実家で本でも読みながら隠居生活をするんだってずっと自分を励ましてきたんです。

それが俺の夢だって、ずっとそう思っていたんですが……」

　声をすぼめた暁生の先を促すように、うん、と和成は頷く。まっすぐに暁生の顔を見て、続きを聞かせてほしいと目顔で訴えてくる。

　声が上ずってしまわぬよう、暁生は慎重に深呼吸をしてから続ける。

「でも、ヒートを抑制する薬を作っていると聞いたとき、本気で高揚したんです。もしそんなものがあったら、俺みたいな人間でも自由に外に働きに出られるかもしれない。家を出て一人で暮らしたり、大学で勉強をしたりすることができるかもしれない」

「お前はずっと、そういうことがしてみたかったのか」

　尋ねる声は穏やかで、こちらを馬鹿にする気配が微塵《みじん》もない。両手で水をすくい上げるように暁生の本音を汲み取ろうとしてくれているのがわかって、不覚にも声が詰まった。

「……そうみたいです。これまでは、そんなのオメガの自分には叶うわけもないって、意識すらしないようにしてきたのに」

　いけない、と思ったときにはもう視界がぼやけていた。

　涙目になっていることを隠そうと俯けば、瞬きをする間もなく膝にパタパタと涙が落ちる。バース検査でオメガだとわかったときですら泣かなかったのに。

　あのときは、男なら潔く自身の第二性を受け入れるべきだと自分に言い聞かせて涙を堪えた。泣かないことで辛うじて精神の男性性を保とうとした。

その後は悲観的になることもなく気丈に生きてきたつもりだったが、実際はどうだろう。自分の本当の夢すら自覚しないよう、無理やり己を抑圧してきただけではないか。

俯いていても、膝に落ちた涙の跡はもう隠せない。暁生は手の甲で乱暴に目元を拭うと、睫毛に残る涙を瞬きで払って和成を見上げた。

「俺にこんな夢を見させてしまった責任をとってください」

腹から声を出したつもりが、鼻にかかった情けない声になってしまった。けれど和成はちらりとも笑うことなく、神妙な顔で頷く。

「わかった。お前のために必ず薬を完成させる」

和成の腕が伸びてきて、そのまま胸に抱き寄せられる。泣き顔を見ないよう配慮してくれたのかもしれないが、そんなことをされたらなおさら目の奥が熱くなってしまう。

オメガである自分の言葉に、こんなにも真摯《しんし》に答えてくれた人がかつていただろうか。両親でさえ暁生がオメガだとわかった途端、こちらの話もろくに聞かず勉強を取り上げ、どう接すればいいのかわからないとばかり離れに追いやったというのに。

(……この人に会えてよかった)

和成の胸に額を押しつけたまま、噛みしめるように思った。たとえ薬が完成しなかったとしても、自分を尊重してくれる人に出会えただけでこの上ない僥倖《ぎょうこう》だ。

放っておくと嗚咽《おえつ》までせり上がってきそうで、呼吸を整えるべく深く息を吸い込んだ。

その瞬間だった。

和成から薄く漂う甘い香りが唐突に濃さを増し、暁生はびくりと体を震わせた。

匂い袋の口を固く結んでいた紐がふいにほどけたような、かつてなく生々しい匂いが鼻腔に満ちる。甘い香りは粘度の高い蜜のように鼻や喉にまとわりついて、吸い込む息すら甘く感じた。たちまち全身から力が抜け、ずるずると和成にもたれかかる。

「暁生？　どうした？」

異変に気づいた和成が暁生の背中をそっと撫でる。刹那《せつな》、悪寒にも似た疼きが背筋を駆け抜け、暁生は渾身の力を振り絞って和成から身を離した。

腕一本分離れただけで和成から感じた甘い匂いは急速に薄くなったが、それでも暁生は拳で鼻と口元を覆い隠した。

「す、すみません。情けないところをお見せして」

急に暁生が身を離したのを、泣き顔を見られたばつの悪さによるものと捉えたのだろう。和成は「気にするな」と鷹揚《おうよう》に笑う。

「俺に弱音を吐けと言うからには、お前にも吐いてもらわないと困る。頼るのも支えるのも、お互い様でなかったら続かないだろう」

互いが対等であるかのような言い草にまた胸が締めつけられた。途端にまた鼻先を甘い香りが過って、せっかくの和成の言葉に感じ入る暇もなく慌ただしく立ち上がる。

「ありがとうございます。あの、俺、そろそろ昼餉の時間なので準備してきますね」

「ああ、手伝うか？」

暁生に粥を作ってからというもの、和成は台所に立つことに抵抗がなくなったらしい。一緒に立ち上がろうとするのを必死に止め、暁生は一人で土間に下りる。しかし和成から離れても、まだ鼻の奥に強烈な甘い香りが留まっている気がする。

（……ヒートが近いから、か？）

ヒートは一週間後。

ヒート中はいつもよりアルファの匂いに敏感になる。今でさえこんなに強く和成の匂いを感じているのに、ヒートを迎えたらどうなってしまうのだろう。

背中に走った疼きのようなものを思い出すと心臓が早鐘を打つ。こんな反応は知らない。怖い。不安だ。

けれど不安の下に、もう一度あの匂いを嗅ぎたいと切望する気持ちもある気がする。

心臓が忙しなく脈打つ理由が不安のせいか期待によるものか判断がつかず、暁生は土間の片隅で自分の体を掻き抱くように二の腕を握りしめた。


八月も終わり近くなると、朝晩やかましいほど鳴り響いていたヒグラシの声も遠くなる。

代わりに少しずつ夜風が涼しくなって、気の早い秋の虫たちが鳴き始めた。

すっかり日も落ちて日中の熱さが緩む頃、土間の戸を開ける音が離れに響いた。和成が大学から帰ってきたらしい。

茶の間で和成から頼まれた資料のまとめ作業を行っていた暁生は、一つ深呼吸をしてから和成を出迎えるため廊下に出た。

「お帰りなさい」

廊下に背を向け、框に腰かけて靴紐をほどいていた和成が振り返る。

「ああ、ただいま」

そう言って柔らかく目を細めた和成を見下ろし、暁生は着物の胸元を握りしめた。

最近どうしてか、和成に声をかけられたり笑みを向けられたりすると胸の辺りが苦しくなる。目が合うと落ち着かない気分になって、つい視線を逸らしてしまう。こんな反応をするようになったのは、和成の匂いが前より甘くなってきたと感じ始めてからだ。

フェロモンの作用によるものだろうか。和成に尋ねてみたいが、見たところ和成の態度にこれといった変化はない。フェロモンに反応しているのは自分ばかりかもしれず、それが和成に知れてしまうのが怖かった。そうなったら、結局オメガはアルファのフェロモンに抗えないのか、と落胆されてしまいそうで。

何も言えぬまま、和成と入れ違いに土間に下りて夕食の配膳を始める。なるべく無心で手を動かしていたら、「暁生」と後ろから声をかけられた。

思いのほか近くから響いてきたそれに驚いて振り返れば、草履をつっかけた和成から細長い紙を差し出された。紙には一輪の青い花がしっかりと押しつけられている。

「……花の標本ですか？　でもこれ、露草では？」

珍しい花を標本にするならわかるが、露草など近所の畦道《あぜみち》にいくらでも咲いている。見た目ではわからないが新種だろうかなどと思っていたら、和成に笑われた。

「標本じゃない。押し花のしおりだ。大学の窓から見えたその花がやけに目についたものだから、標本作りのついでにしおりにしてみた。よければ使ってくれ」

「ありがとうございます。でも、どうして急に……」

ちらりと目を上げれば、和成がやけに優しい顔でこちらを見ていてどきりとした。

「背を伸ばして凛と咲く姿を見て、お前を思い出した」

それだけだ、と機嫌よく言って和成は部屋に上がってしまう。その背中を見送って、暁生は改めて手の中のしおりに目を落とした。露草の花は小さいが、その青さは目に染みるほど鮮やかだ。

これを見て、自分のことなど思い出してくれたのか。

手製のしおりを見ていたら、じわじわと顔に熱が集まってきた。

押し花一つで苦しいくらい胸が高鳴る。和成が自分のいないところで自分を思い出してくれたのが嬉しい。しおりを作ってくれたのも、笑顔でそれを差し出してくれたのも。

最近は和成が帰ってきた物音を聞きつけると自然と口角が上がってしまう。迎えに出る前に深呼吸をしてからでないと口元の緩みを隠せなくなってしまった。

しおりが汚れないよう大切に着物の袂にしまった暁生は、早速夕食の仕度にとりかかりながら考える。

和成が好ましい人物であることはだいぶ前からわかっていたが、最近自分が和成に向けている感情は、妹たちや友人に対する好意とは違う気がした。

（もしかして俺、和成さんのことを伴侶として好きになってるってことか……？）

周囲を欺くための演技ではなく、本気で恋い慕っている。

まさか、と否定しようとしたが、袂に入れたしおりの存在を思い出すと胸の奥がじんわりと温かくなって、否定の言葉がしぼんでしまう。

和成を前にすると、心臓が高鳴って体の芯が熱くなる。暁生は誰かを色恋の対象として好いたことがないが、和成に対して抱くこの想いが恋というものなのだろうか。

けれど以前、突発的なヒートを起こした暁生のそばにいてくれた和成だって「体温の上昇と発汗は認められる」「書物にあった通りだ」などと言っていた。ならばこれも、アルファのフェロモンに反応しているだけなのか。

答えも出ないまま配膳をしていると、和成も茶の間にやって来た。ちゃぶ台に並んだ料理を見て「美味《うま》そうだな」と相好《そうごう》を崩す姿にまた胸が苦しくなる。

　自分の中で渦巻く感情がなんであるのかよくわからず、暁生はなるべく和成に目を向けないよう注意を払って食事をした。最近和成から漂ってくる匂いもとみに甘くなっているし、なるべく距離を置くよう注意する。そうやって密かに気を配っていたのに、食後に和成の前に茶を置いたところで不意打ちを食らった。

「暁生、指先に傷ができてるぞ。血が滲んで――……」

　和成の手が伸びてきて暁生の指を摑む。その柔らかな体温を感じた瞬間、とっさに和成の手を振り払っていた。

　しまった、と思ったときにはもう遅い。過度な拒絶の態度に和成は唖然とした顔だ。

「す……すみません。たぶん、夕食を作るときに包丁で切ったんだと思います」

　和成に触れられた場所をもう一方の手で強く押さえ、暁生はぎこちなく笑ってみせる。けれど和成は一緒になって笑うことなく表情を険しくした。

「すまん。直接傷に触ったか？　ひどく痛んだか」

「いえ、そういうわけでは……」

「きちんと手当てがしたい。傷口を見せてくれ」

　暁生は無言で首を横に振る。食事中はちゃぶ台を挟んで対面に座っていたから良かったが、今は腕半分の距離に和成がいる。この距離でもほんのりと甘い香りが漂ってくるし、和成に見詰められるとどうしても心臓が騒がしくなる。

暁生の様子がおかしいことに気づいたのか、和成の顔に深刻さが増した。

「どこか具合が悪いのか？　それとももうヒートが始まってるのか？　だったら無理せず休んでくれ。洗い物は俺がやっておく。床の準備もしてこよう」

そう言って和成が立ち上がろうとするので、「違うんです」と慌てて引き留めた。

「違うなら、どうして今夜は俺の顔を見ようとしない？」

無意識に俯いていた暁生は息を詰める。なるべく視線が交わらないようにしていたことは和成にもばれていたようだ。

そろりと顔を上げると、和成が苦しそうに眉を寄せてこちらを見ていた。本気で暁生を案じている表情だ。

駄目押しのように「教えてくれ」と乞われればだんまりを決め込むこともできず、暁生は俯き気味にここ最近の自分の変化を和成に伝えた。

「——俺の匂いが前より甘く感じるようになった？」

自分の言葉を復唱され、居た堪れない気分で頷く。

「それに、ヒート前の体の変化が以前と少し違うようなんです」

「どんなふうに？」

言いよどんだものの、和成は医者が患者の症状を聞き出すような態度を崩さない。恥ずかしがってこの時間を長引かせるよりはと、覚悟を決めて詳細な説明を加えた。

「胸の辺りが苦しくなって、ときどきは体の芯が、熱くなるような……」

「体の芯というと具体的にはどのあたりだ？」

改めて問われ、暁生は腹部にそろりと手を当てる。

「腹の奥です。臍《へそ》より下の辺り、でしょうか」

「臍の下……。子を宿す場所か？」

自分がオメガであるということは重々承知しているつもりだが、この身に子が宿るという事実は上手く想像ができず、とっさに返事ができなかった。言葉を詰まらせていると、真剣な顔で暁生の腹部に視線を注いでいた和成がふいにこちらへ身を乗り出してきた。

硬直する暁生の肩口に鼻先を寄せ、和成はすんと鼻を鳴らす。

「確かに、甘い匂いが濃くなってるな」

「えっ、もしかして、俺の匂いも濃くなってるんですか？」

「うん。濃いというか、甘さが増している。実は俺も少し前から気になってたんだ。ヒートが近いんだろうとは思っていたが……」

和成はその場に座り直すと、暁生から目を逸らして手の甲で口元を拭う。その頬がじわじわと赤くなっていくのを目の当たりにして暁生は息を詰めた。

もしかすると和成も、自分と同じように甘い匂いにどきついたり、ほんの少し触れ合う

だけで心臓が暴れ出したりするのだろうか。ときには胸を絞られるような切ない気持ちになって、これは恋かもしれないと溜息をついたりするのだろうか。

これはフェロモンのせいではなく、互いに惹かれ合っているからだと和成が言ってくれたら、そうしたら——。

(俺も迷わず、この想いを恋心だと認められる)

息すら潜めて和成の反応を待っていると、視線を斜めに落としていた和成が目を上げた。視線が交差して、自然と背筋が伸びる。

和成もまた背筋を伸ばすと、暁生を見据えて口を開いた。

「記録をとろう」

そう言って、ぴしゃりと自身の腿《もも》を叩く。たちまち和成の頬から赤みが引いて、顔つきが研究者のそれにすり替わった。

「アルファとオメガは特定の相手と長く過ごすことで、お互いのフェロモンを感知しやすくなるのかもしれない。俺とお前の両方に同じような症状が出ているところを見るとその可能性は高い。いつから症状が出始めたのか、今後どんな変化があるか詳しく記録しておくべきだろう」

予想外の発言に硬直していると、和成が何かに気づいたような顔になった。

「でもお前はこれまで何度もアルファに嫁いでいるんだよな。そのときもアルファのそばにいただろうに今回だけ症状が出たということは、この仮説が間違っているのか？　それとも婚家ではあまり夫と一緒に過ごしていなかったのか？」

　尋ねられ、我に返って小さく頷く。

「そう、ですね……。夫とは寝室も別でしたし、嫁いで半年も経つ頃にはほとんど顔も合わせなくなりました。こんなに長く一緒にいたのは和成さんが初めてで……」

　どんどん声が掠れてきて、それをごまかすように暁生は強く言い切る。

「だからきっと、フェロモンのせいなんでしょう」

「ああ、そうだろうな」

　迷いのない顔で首肯《しゅこう》され、暁生は膝の上できつく両手を握りしめた。

「そうと決まれば記録用の紙を持ってくる。ちょっと待っててくれ」

　慌ただしく立ち上がった和成を笑顔で見送る。しかし茶の間から和成の姿が消えるが早いか、その顔から笑みが掻き消えた。

（……恋じゃなかった）

　少なくとも、和成の中でそれはあり得ないことなのだ。

　和成にとって暁生は同じ志を持って結婚をした共犯者、あるいは悪友で、薬の効果を確かめるための被検体であり、アルファとオメガのフェロモンが互いにもたらす症状を知るための観察対象でしかない。

ひとつひとつ確認するたび、胸を切りつけられるような痛みに襲われた。こんなこと最初からわかりきっていたはずなのに、喉が震える。

喉の奥からせり上がってきた空気の塊を無理やり呑み込んだところで、筆記用具を抱えた和成が戻ってきた。

お互いフェロモンの感じ方が変化したという事実に興奮しているのか、和成は暁生の強張った表情には気づいていない様子でちゃぶ台の上に紙を広げる。

暁生は無理やり表情を繕って、胸がひしゃげそうになっていることを必死で隠した。

自分でもどうしてこんなに動揺しているのかよくわからない。全部フェロモンのせいに決まっているのに。

恋心を否定されて泣きそうになっているのだって、フェロモンのせいに違いないのに。


結局その日は、和成と暁生が見合いで顔を合わせたときまで遡《さかのぼ》り、ヒートの際にどんな症状が出たか、最近どんな変化が生じたかを二人で照らし合わせて夜が更けた。

その晩、寝支度を整えて布団に入ろうとしていた暁生は異臭に気づいて手を止めた。襖を閉めていてもうっすらと室内に流れ込んでくるこの匂いは、ヒート中の暁生のために和成がいつも煮出してくれる薬のそれだ。

いつもはヒートが始まってから煮出すのに。不思議に思って廊下に出た暁生は、辺りに漂う強烈な匂いに驚いてとっさに寝巻きの袂で鼻を覆った。

廊下に目を向ければ茶の間から明かりが漏れている。そっと室内を覗き込むと、ちゃぶ台の前に和成がいた。その上には先ほどまで二人でまとめていた資料が広げられたままだ。まだ一人で作業を続ける気かと思ったが、和成は資料ではなく手の中の湯飲みにじっと視線を注いでいる。このひどい匂いの発生源はあの湯飲みか。

和成は眉間に皺を寄せると、一つ深呼吸してから湯飲みに口をつけた。

「か、和成さん……？　何してるんですか？」

声をかけると、ようやく和成が暁生に気づいた。口の中の臭気を吹き飛ばすように息を吐いてから「薬を飲んでいた」と返してくる。

「薬って……いつも俺が飲んでいる？」

それにしては普段より室内に漂う匂いがきつい。青臭さと焦げ臭さが交じったようなそれに眉を寄せれば、小さく首を横に振られた。

「これはアルファ用の薬だ。オメガの薬を少し改良したフェロモン抑制剤だ」

「アルファのフェロモンを抑えるんですか？」

興味を隠せず身を乗り出せば、和成に軽く手招きされた。

「オメガもアルファも、普段から体臭程度のフェロモンは放出しているだろう。アルファはオメガのフェロモンを感知すると自身も強いフェロモンを放つ。オメガもアルファのフェロモンに反応してますますその放出量が増える。お互いのフェロモンに反応するその相乗効果はすでに認められていることだ」

晩生は和成の隣に腰を下ろして相槌を打った。

「ならアルファのフェロモンを抑える薬があってもいいと思わないか？　もし目の前でオメガが発情しても、アルファがフェロモンを抑えられればオメガの発作も軽く済むかもしれない。前々からそういう研究もしてたんだが、いくら薬を飲んでも身近にオメガがいないと薬効がよくわからなくてな。義姉さんの前で検証するわけにもいかないし」

しかし今は晩生がいる。そこで自分を被検体にして、アルファ用の抑制剤の効果を確かめることにしたそうだ。

「薬を飲むことで、オメガのフェロモンを受容する性能も少し鈍ればいいんだが……」

湯飲みの中を覗き込み、和成は覚悟を決めたような顔で残りの薬を飲み干した。よほど苦かったのか湯飲みを置くなり、ぐぅ、と低い声を漏らしている。

「ど……どうですか、効果は」

苦悶の表情を浮かべていた和成が顔を上げたと思ったら、力なくこちらに倒れ込んできた。まさか気絶するほどの不味《まず》さなのかと目を瞠ったが、晩生の肩先に顔を近づけたところで和成の動きはぴたりと止まり、傾いた体もすぐ元の体勢に戻った。

「少しお前の匂いを感じにくくなった気がする」

和成は暁生から顔を背けると、口元を手で覆ってほっとしたように笑った。

その表情を目の当たりにした瞬間、胸を殴られたような痛みを覚え暁生は息を詰めた。

悶絶するほど苦い薬を飲んででも、和成はオメガのフェロモンに反応してしまう自分を抑え込みたいのだ。そして暁生の匂いが薄れたことに心底安堵している。

自分のフェロモンは和成にとって、何がなんでも忌避すべきものなのだ。そう悟ったら胸の奥がぐしゃぐしゃになった。物理的に突き飛ばされたわけでもないのに、それと同じくらい手ひどく和成から拒絶された気分になる。

「まあ、お前の匂いを感じないのはこんなひどい後味の薬を飲んだ直後だからかもしれないが。しばらくは継続して飲んでみることにしよう」

和成はちゃぶ台の上に散らばっていた紙をかき分け、早速薬の効果などを記録し始める。その真剣な横顔をしばし見詰めてから、暁生は静かに席を立った。

「……俺は先に休ませていただきますね」

「ああ。夜中に起こしてしまって悪かったな。ゆっくり休めよ」

お休みなさい、と返して茶の間を出る。廊下を歩いて自室に入り、襖を閉めたところでその場に崩れ落ちた。たちまち視界がぼけて濁って、目の縁から涙が転がり落ちる。

自分でも、何にこんなにも傷ついているのかよくわからない。

和成が薬を飲むのは、間違っても暁生に襲い掛からぬようにという予防策だ。こちらを気遣ってのことなのに、拒絶されたようで涙が止まらなかった。

暁生はふらふらと布団に入り、頭から肌掛けをかぶって嗚咽を殺す。

頭の中で、茶の間で和成と交わしたやりとりが何度も再現される。自分の匂いを嗅いだ和成からふいと顔を背けられた。そのことがひどく悲しかった。

「……っ、ぅ……っ」

涙と一緒に胸から冷たい感情が溢れ、ひたひたと全身に広がって凍えそうだ。

これもフェロモンの影響だろうか。かつての夫たちは傲慢で冷たかったからこんな変化がなかっただけで、和成のように寄り添ってくれるアルファがいれば、自分の体はもっと早く何かしらの変化を見せていたのだろうか。

(その相手が、和成さんでなかったとしても……?)

アルファのフェロモンをまとってさえいれば、相手が誰であろうと関係ないのか。

少なくとも和成はそう考えている。これは恋ではない。フェロモンのせいだと。

でも本当に、そうなのだろうか?

暁生は布団の下で唇を噛みしめる。自分がオメガでなかったら、こんなことで悩む必要もなかったのに。

溢れた涙は頬を伝い、音もなく枕に吸い込まれて、いくつも歪な染みを作った。

声を殺して眠った翌日、目覚めの気分は最悪だった。

全身の熱っぽさと喉が腫れたような息苦しさで目を覚まし、ぼんやりと瞼を上げる。起き上がろうとするも体が重くて動かない。寝返りを打つのも泥の中をもがくようだ。

普段ならとうに起き出して朝餉の準備をしなければいけない時間なのに、起き上がることもできずにいると和成がやって来た。

「暁生？　どうした、ヒートか？」

和成が布団に近づいてくる気配がして、暁生は枕に顔を埋めて頷く。泣きはらした顔を見られたくなかったし、ヒートの状態で和成の匂いを嗅いだらどうなるのか確かめるのが怖くもあった。

ヒートに入るといつもはまず微熱やだるさを感じるのだが、一晩で起き上がれなくなるほど体調が悪化するのは初めてだ。和成も暁生の急変に驚いたようで、急遽大学を休んで看病をしてくれることになった。

いつものように和成に粥など作ってもらったが、食欲がなくほとんど喉を通らない。何より和成の匂いがむせるほど甘くて、そばにいられると息をするのも苦しいほどだ。会話もままならないのでヒート問答もできない。「一人にさせてください」と頼み込むと、和成も大人しく部屋を出ていってくれた。

肌は火照って熱いのに体の芯は凍えるほど寒いというお馴染みの症状に見舞われ、暁生は冬用の布団をかぶって震え続ける。

全身汗をかいて気持ちが悪い。体の節々も痛い。でも寝返りを打つのが怖い。下穿きが濡れている気がする。こんなこと以前はなかったのに。

「オメガのくせに濡れもしないなんて」と吐き捨てたのは最初に嫁いだ夫だったか。女性やオメガの体は自然と受け入れる部分が濡れるらしいとぼんやり理解し、そうした体の変化がない自分はオメガとして不出来に生まれついたのだろうと思っていた。

今になって自分も他のオメガと同じような肉体的反応を示すことが証明されても、喜ぶ気にはなれなかった。むしろ変化していく自分の体が恐ろしい。このままヒートの症状はひどくなっていく一方なのか。底の知れない恐怖に呑まれて身じろぎもできない。

熱に浮かされ眠ることもできずにいると、昼頃再び和成が部屋にやって来た。

「暁生、薬を持ってきたぞ」

和成は部屋に入ろうと足を踏み出したものの、直前で怯んだように立ちすくむ。

きっと室内にオメガのフェロモンが充満しているのだろう。これまでのヒートでは一度も見せたことのなかった和成の反応を目の当たりにした暁生は、目の奥が熱く潤んでくるのを感じてもそもそと布団に潜り込んだ。

ゆっくりと畳を踏む音が近づいてくる。和成が枕元に腰を下ろしたのがわかった。

「大丈夫か？　薬を飲んでくれ」

暁生は布団から顔を出すこともできず、くぐもった声で「置いておいてください」と答えることしかできない。

「起き上がれないくらい辛いのか？」

「いえ、そうではなく、匂いが……」

消え入るような声で答えると、布団の上にそっと手を置かれた。びくりと体を震わせた暁生を宥めるように、優しく布団を叩かれる。

「大丈夫だ。出てきてくれ」

穏やかな声で促され、暁生は恐る恐る布団から顔を出した。

和成がこちらを見ている。その顔は赤らんで、息も少し弾んでいるようだ。やはり自分のフェロモンはいつもより濃くなっているのだろう。昨日のように顔を背けられたらと思うと布団の中に逃げ込みたくなったが、和成は暁生と目が合うなり優しく笑った。

「辛いところ悪いな。薬を飲んだらまた休んでくれ」

布団と背中の間に腕を差し込まれ、ゆっくりと抱き起こされる。自分で自分の体を支えられず和成の胸に倒れ込んでしまったが、和成はそれを嫌がることなく、暁生の体が傾かないよう肩を抱いてくれた。

和成に拒絶されなかったことに安心したら、また涙が落ちそうになった。ヒートになってからずっとこうだ。感情が波打って抑えられない。

それに身を寄せた和成から甘ったるい匂いが漂ってきてたまらない気分になる。あまりに匂いが濃すぎて、口の中に蜜が溢れてくるような錯覚に陥った。唾を飲み込めば腹の底にどろりと甘いものが落ちていく。全部錯覚だが、呼応するように腰の辺りが熱くなった。

「飲めるか？」と和成から湯飲みを手渡され我に返る。震える指で湯飲みを受け取り、一息に呷《あお》った。飲み込んでから、いつもと薬の後味が違うことに気がつく。

「……これ、は？」

「新しい薬だ。本来はヒート前に服用する。ヒートの症状を和らげてくれないか期待しているんだが、どうだろうな。また後で使用感を教えてくれ」

暁生を再び布団に横たわらせ、和成は暁生の額に手を添える。

「少し時間を置いたら、これまでと同じ解熱効果のある薬も飲んでみよう。併用することで効果が高まるかもしれない」

和成の手から漂ってくる甘い匂いにくらくらしながら、暁生はぼんやりと相槌を打つ。離れていく和成の手を目で追って、その向こうにある和成の顔を見上げてみるが目の焦点が合わない。和成に「苦しいか？」と尋ねられても、はいともいいえともつかない不明瞭な声を上げることしかできなかった。

息も絶え絶えな暁生を見詰め、和成はしばらく何も言わなかった。さりとて部屋から出ていく様子もなく、重苦しい沈黙が室内を満たす。

暁生の意識がぼやけてきた頃、霧の向こうから響くような和成の声がした。

「……そんなにも辛いなら、いっそのこと本当につがいになるか？」

溶けかけていた意識は和成の言葉を単なる音の羅列と捉え、その内容を理解することもできなかった。一拍置いて何を言われたのか悟り、眦《まなじり》が裂けるほど大きく目を見開く。

驚愕の表情を浮かべる暁生に、和成は落ち着き払った口調で続ける。

「急にお前のヒートが重くなったのは、やっぱり特定のアルファと長く一緒に過ごしたせいだろう。だとすればお前のヒートは今後重くなる一方だ。だがつがいを持てばヒートが軽くなると聞いたことがある」

迷信かもしれないが、とつけ足しつつ、和成はさらに言葉を重ねる。

「それに今の状態だと、俺以外のアルファにもお前の匂いは伝わってしまう。これだけ濃い匂いだ。万が一、お前が離れに一人でいるときに間違いがあったら……」

和成の言葉はまだ続いていたが、暁生の頭には子細な内容が入ってこない。

あれほどつがいを持つことを拒んでいた和成が自分からそんな提案をしてくるなんて。信じられず硬直していたら、布団の上に投げ出していた手に和成の手が重ねられた。我に返って瞬きをすれば、斜め上から和成に顔を覗き込まれる。

「つがいになるのは不安だろうとは思う。万が一つがいと別れることになれば、一人でヒートを乗り切れず廃人になるオメガがほとんどだ。でも俺たちは生涯添い遂げると約束した仲だろう？　一生お前を手離す気はないから安心してくれ」

でも、と暁生は震える声で尋ねる。

「和成さんは、それでいいんですか……？」

アルファとオメガがつがうことを当然のように要求してくる世間に憤り、自分のアルファ性に怯え、つがいを持つことをあれほど拒否していたのに。

けれど和成は暁生の手を握り、唇に仄かな笑みを浮かべて頷くのだ。

「ああ。つがいになることで少しでもお前の体が楽になるなら、構わない」

和成が本気で言っているのが伝わってくるだけに言葉を失った。ここで自分が頷けば、和成は躊躇なく暁生の項を噛むだろう。

和成は優しい。だからこの先どんどんヒートが重くなっていくだろう暁生のことが見ていられなくなったに違いない。本当ならつがいになんてなりたくなかったはずなのに。自分がフェロモンに負けなければこんなことを言わせずに済んだのに。

胸に罪悪感が重くのしかかってきて暁生は顔を歪ませた。それを見て、和成は慌てたように暁生から身を離す。

「すまん。すぐに答えが出せる問題じゃないな。ヒートが終わってからまたゆっくり考えてみてくれ」

晩生の手に重ねられていた手が離れる。とっさにその手を追いかけてしまいそうになり、晩生は強く拳を握りしめた。

「また後で解熱剤を持ってくる」と言い置いて和成が部屋を出ていく。廊下の向こうに遠ざかっていく足音が聞こえなくなると、晩生は天井を見上げて切れ切れの息をついた。

深呼吸を繰り返していると、体の芯に噛みついてくるような寒気が薄れてきた。新しい薬の効果だろうか。熱でぼやけた頭も少しはっきりして、改めて和成の言葉を反芻する。

つがいになるか、と問われたとき、胸に沸き上がったのは間違いなく歓喜だった。

けれどそれは本当に和成が望んでいることなのか。晩生を抑制剤の被検体に使っていることに対する罪悪感や責任感から出てきた言葉ではないのか。

和成にとって晩生をつがいにすることは医療行為に近いものなのかもしれない。そう思ったら胸の奥が冷え込んだ。和成とつがいになれることを喜んでいるのは自分だけだ。

そして、そんなことに喜んでしまった自分に絶望した。

（俺は、和成さんのつがいになりたい）

心の中で呟いた言葉はしっくりと胸に馴染んで、もうずいぶん前から自分がそれを望んでいたことを自覚してしまった。

和成のことが好きだ。親兄弟に感じるようなそれではなく、愛欲を伴う意味合いで。

（でもこの気持ちも、フェロモンによるものでしかないのかもしれない）

寝返りを打ち、暁生は布団に顔を埋める。

第二性なんて理性で蹴散らしてやると意気込んで和成と結婚したはずなのに、結局のところ、自分はオメガという性に負けたのだ。

（……俺ばっかり）

和成はそんな目で自分を見ていない。その証拠に、枕元から穏やかに語りかけてくる表情からは少しの欲望も感じられなかった。あの顔を思い出すと、体の奥がぐずぐずと溶けている自分の浅ましさが恥ずかしくなる。

（――俺はもう、和成さんのそばにいない方がいい）

爪が白くなるくらい強く布団を握りしめ、暁生はそう結論づける。

このまま自分たちが一緒にいたら、いずれ和成までオメガのフェロモンに毒されてしまうかもしれない。そうなる前に、どうにかここを離れなければ。

アルファとオメガならどんな相手でもつがいになれるなんて乱暴だ、人間はそんなに単純なものではないと豪語していた和成には、最後までその信念を貫いてほしい。

（俺さえいなければ、和成さんはフェロモンに振り回されずに済む）

ここを離れてどうやって生きていけばいいのかはわからない。もう実家には帰れないし、オメガの自分が自活するのも難しい。

何より和成と離れ離れになるのが辛い。同じ本を読み、互いの意見をぶつけ合い、こちらが譲ったりあちらが折れたり、そういうことを繰り返して互いのことを知っていく時間が消えてしまう。苦しいヒートも、これからは一人で乗り切らなければいけない。だとしても、和成のためだ。

そう思えば不思議と怖気は遠くに追いやられ、暁生は弱々しく眉を下げていた表情から一転、決意に満ちた顔で布団の端を握りしめた。

ヒートは大抵一週間続く。暁生の場合、最後の二日は若干の微熱が残るばかりだが、万が一に備えてきっちり七日間は布団に入っているようにしていた。十四歳で初めてヒートを迎えてからずっとその習慣を崩さないようにしてきた暁生だが、今回初めて六日目で布団を上げた。

六日目の朝、台所で朝餉の用意をしていると、廊下の奥からどたばたと慌ただしい足音が近づいてきた。

「暁生⁉　もう起きて大丈夫なのか？」

寝間着のまま土間に下りてきたのは、まだ頭に寝癖をつけた和成だ。

暁生はけろりとした顔で振り返り「おかげさまで」と笑みを返す。

「本当は昨日のうちに布団を上げてしまおうと思っていたんですが」

「無理するな、まだ微熱があるんじゃないか？」

「それがさっぱり。なんだったら昨日の時点でもう平熱に戻ってましたから」

草履をつっかけて土間に下りてきた和成が「本当か？」とこちらの顔を覗き込んでくる。

暁生は味噌汁をかき混ぜながら「本当ですよ」と笑ってみせた。

「新しい薬がよく効いたみたいです」

本来はヒート前に飲むという薬を飲んだ後、いつもの解熱剤を飲んだらこれが覿面《てきめん》に効いた。和成が言った通り相乗効果があったらしい。初日はあれほどひどい症状が出ていたというのに、二日目からはもう微熱程度になって、三日目ともなれば和成の支えなしに布団の上に身を起こすことすらできたのだ。普段なら三日目までは和成の補助がなければ起きることとすらままならないというのに。

「確かに、二日目からは随分具合も良くなっていたようだが……」

「そうでしょう？　素晴らしい効果ですよ。俺も感動しました」

「それほどか」と和成は顔を輝かせる。早速薬効を記録したいのかそわそわし始めた和成に、暁生はなるべくなんでもない口調で言った。

「あの薬があれば、和成さんとつがいにならなくても大丈夫そうです」

言いながら和成に背を向け、鍋の中に視線を落とす。

短い沈黙の後、和成が小さな声で呟いた。

「そうか。なら、よかった」

暁生は鍋の中身をかき混ぜながら頷く。振り返って和成の表情を確認することはできなかった。暁生のつがいにならなくて済んで安堵している顔など見てしまったら、きっと傷ついた顔を隠せない。

暁生は手早く朝餉の用意を済ませると、テキパキとそれを茶の間に運ぶ。病み上がりだからと和成も手伝ってくれて、食後は洗い物まで引き受けてくれた。

ヒートが終わってしまえば、むせるほど濃く香っていた和成の匂いも感じなくなる。よほど身を寄せて初めて鼻先を掠める程度だ。

この状態なら、今後も変わらず和成のそばにいられるのではないか。

そんな考えが何度か頭に浮かんだが、暁生はそれをきっぱりと退ける。

初めてヒートを迎えてから十五年近く代わり映えしなかった症状が、ここにきてガラリと変化したのだ。この先また突然症状が重くならないとも限らない。

上がり口に腰を下ろし、土間で食器を洗う和成の背中を眺めてそんなことを考えていたら、和成が苦笑を浮かべて振り返った。

「そんなところで監視していなくても、俺だって洗いものくらいちゃんとできるぞ」

「わかってますよ。監視じゃなくて、ただ見ていただけです」

なんのために、と和成が笑う。

もうすぐ貴方と離れてしまうから見納めに、とは言えず暁生も微笑み返す。自分がここを出ていくと告げたら、和成に止められてしまう気がしたからだ。

暁生が和成に恋心めいたものを抱いていると打ち明けたとしても、きっと和成は暁生の出奔を止めるだろう。たとえ暁生の想いに応えられなくとも、ここを出たら路頭に迷うしかない暁生を放っておけない。その優しさにつけ込みたくはなかった。

洗い物を終えたのか、和成がこちらに近づいてきた。上がり口に腰かける暁生の隣にどっかりと腰を下ろす。

空気が揺れ、鼻先を仄かに甘い香りが漂った。妹たちが大事にしていた匂い袋とよく似た、優しい記憶に包まれた和成の匂いだ。

「実はな、明後日から東北に行かないかと教授に誘われてたんだ。珍しい植物の調査に」

この匂いは忘れたくないな、と思いながら暁生は和成に目を向ける。

「明日までお前は寝込んでいるだろうと思っていたし、ヒートが明けたばかりで置いていくのも気がかりで返事を保留にしておいたんだが、大丈夫そうか？」

「もちろん。どれくらいの期間家を空けられるんですか？」

「一週間ほどだ」

願ったり叶ったりだ。暁生はにっこりと笑って「問題ありません」と返す。それを見て、和成も顔をほころばせた。

「念のため母屋の者にたまにこちらの様子を見てくれるよう声をかけておく。体調が悪くなったらお前も遠慮なく頼ってくれ。下働きの連中とは親しくしているんだろう？」

「はい。こちらの皆さんはオメガに対する偏見がないので助かります」

言葉にしてみて、改めていい家だったな、と思った。

何がなんでも和成にアルファの子を産ませようとする徳則の考えには最後まで賛同できなかったが、同じ敷地内に住む義兄夫婦や甥たちは暁生たちに干渉することなく放っておいてくれたし、母屋で働く人々も暁生を邪険にすることなく大らかに接してくれた。

和成はすでに東北の地に想いを馳せているらしく、嬉々としてかの地の風土について暁生に話して聞かせてくれる。

この場所を去ると決めた悲壮な決意などおくびに出すこともなく、暁生は微笑んで和成の言葉に相槌を打ち続けた。


二日後、和成は一週間分の旅支度を整えて家を出て行った。

出立前は暁生に何度も「体調に異変はないな？」「何かあったら母屋に行くんだぞ」と声をかけ、母屋の使用人たちにも暁生を頼むとよくよく言い含めておいてくれたようだ。その証拠に、和成が出発した日は使用人たちが代わる代わる離れにやって来て暁生の様子を見たり、賄《まかな》いを食べに母屋へ来るよう誘ったりしてきた。

これは少しばかり周囲の状況が落ち着くのを待った方がよさそうだと判断した暁生は、最初の二日は離れの掃除をしたり母屋の仕事を手伝ったりと、普段と変わりなく過ごした。

三日目になるとさすがに使用人たちもそう頻々と離れに顔を出さなくなってきた。行動に出るなら今だ。

三日目の晩、夜もすっかり更ける頃、暁生は和成の書斎の戸をそっと開けた。

書斎の入り口から見て右手奥には文机が置かれ、その横に背の高い本棚が並ぶ。左手側の壁際には小さな引き出しが並んだ百味箪笥や、瓶詰めされた生薬が並ぶ棚、薬を調合するための器具が置かれていた。

離れには自分しかいないと知りつつも足音を忍ばせて書斎に足を踏み入れた暁生は、行燈に火を入れ、生薬の瓶が並ぶ棚の前で足を止めた。棚の高さは暁生の身長と同じくらいだ。すべての瓶には内容物をしたためた紙が貼りつけられている。

暁生は身を屈めて目当ての瓶を取り上げる。両手の中にすっぽり収まる大きさの瓶には『ヒート時の解熱・鎮痛』と書かれている。ヒート中にいつも暁生が飲んでいる薬だ。

さらに暁生は視線を動かし、もう一つの瓶を棚から取り出した。

『オメガ・抑制剤』と書かれたそれは、先日初めて和成に飲ませてもらったものだ。和成が出かける前、掃除をする振りで書斎に入り、その場で和成に確認したから間違いない。

（この二つがあれば、ヒートは乗り切れる）

用法と用量も教えてもらった。この瓶一つで一年はしのげるはずだ。

薬がなくなったらどうするかは、最初の一年を乗り切ってから考えよう。三か月後に来る最初のヒートを無事乗り切れるかどうかすらわからないのだから。

暁生は二つの瓶を抱えて文机の前に向かうと、事前に用意しておいた文をそこに置いた。薬を無断で持ち出すことに対する謝罪と、和成のいない間に黙ってこの家を出ていく勝手を詫びる文だ。これまでよくしてもらった礼と、結納金として実家に多額の援助をしてくれた礼も述べた。おかげで実家の商売もなんとか持ち直したらしい。

感謝してもしきれない。それなのに恩を仇で返すような真似をしてしまって本当に申し訳ない。

それでも自分はここを出ていかなくてはならない。責任感から和成が望まぬつがいを作るくらいなら、自分が恨まれた方がまだました。

文机に手紙を置いた暁生は行燈の灯を消すと、最低限の荷物と二種類の薬だけ持ち、夜陰に乗じて離れを出た。

風呂敷に包んだ荷物を担ぎ、屋敷の塀伝いに歩いて裏口へ向かう。屋敷は真っ暗で、使用人たちも寝静まっているようだ。裏木戸の門《かんぬき》を慎重に外し、音を立てぬよう外に出た。

屋敷の外に出ても誰かが追いかけてくる気配はない。しばらく歩いて立ち止まり、月明かりに照らされる屋敷を振り返ってようやく息をついた。

誰もいない夜道に立ち尽くし、しばし屋敷を目に焼きつける。

あの場所で和成に出会い、籍を入れ、夫婦として離れで暮らした。一年足らずの短い結婚生活だったが、これまでで一番幸福な時間を過ごすことができた。

これからは一人だ。そう思うと心細くもあるが、不安ばかりでもない。

幸い自分には丈夫な体がある。力仕事には自信があるし、炊事洗濯もお手の物だ。

さらにここ数か月は和成から様々な知識を教えてもらった。算術に外国語、資料の分類方法に諸外国から伝わってくる最新の科学知識まで。

和成から与えられた知識と、ヒートを抑える薬が自分を生かしてくれる。

暁生は姿勢を正すと、和成と過ごした離れに向かって深く頭を下げた。

(貴方の研究が、どうか大成しますように)

今頃和成は北の地で、珍しい植物を夢中になって採取しているのだろう。いつかのように山で迷子になったり足をくじいたりしていなければいいのだけれど。

(……もう、そんな心配をする資格も俺にはないな)

山の中で二人で焚火を囲んだり、怪我をした和成を背負って山を下りたり、二人で寝る間も惜しんで資料をまとめた光景が蘇り、暁生は伏せた顔をくしゃりと歪めた。

嫁いだ先であんなにも楽しい時間を過ごせるとは思ってもいなかった。悪友のように、家族のように過ごしてきた和成と離れ離れになるのは、あまりにも寂しい。

事ここに及んで誰にも何も告げず家を出てきてしまった後悔に胸が押しつぶされそうになったが、それを振り払って勢いよく顔を上げた。

屋敷に背を向け、足を踏み出す。

背中に負った荷物の中でカチカチと薬瓶が触れ合う音がして、その音に背を押されるようにして暁生は闇の中を歩きだした。

＊＊＊

今年は年明け早々大雪に見舞われ、二月になっても思い出したように雪が降る。厳しい冬はなかなか明けず、春の気配はなお遠い。

それでも二月の終わりに近づくと、ようやく寒さがぬるんできた。降り積もっていた雪もすっかり溶け、ぬかるんだ道を駆け抜ける馬車が盛大に泥を跳ね上げる。

着物に泥がついたと悲鳴を上げる女性に、のんきに歓声を上げる子供たち。そんな賑やかな町内に、野太い悲鳴が響き渡る。

「痛ぇ！　痛ぇよ、早く診てくれ！」

町外れにある小さな診療所に転がり込んできたのは四十絡みの和装の男だ。ぶらぶらと揺れる左手の肘を右手で摑み、痛い痛いと待合室で大騒ぎをしている。なんでも後ろから走ってきた馬車を避けようとして転倒し、肘を地面に強打したらしい。

「順番に診ますのでお待ちください」と看護師の女性に声をかけられても「こっちは重傷なんだぞ！」と譲らない。先に待合室にいた患者たちから迷惑そうな目を向けられても平気の平左衛門だ。よく見ればその顔は赤らんで、どうやら酒に酔っているらしい。

「いつまで待たせやがる！　勝手に入るぞ！」

看護師を振り切って男が診察室の戸に手をかけようとした瞬間、内側から勢いよく戸が開いた。

その向こうから現れたのは、藍色の着物に白のたすきを掛けた暁生だ。

医者といえば威厳のある老人の姿でも想像していたのだろう。思いがけず若い人物が現れて驚いたのか後ずさりする男に、暁生は大股で近づいてむんずとその左手を摑む。

「えっ、あっ！　い、痛ぇ！　きっ、急に何しやがる！」

「怪我の箇所を確認したんです。折れてはいないようですし、冷やしておけば十分でしょう。大丈夫、そんな大声を上げる元気があるなら重傷なんかじゃありませんよ」

「おっ、お前、それでも医者か⁉」

「俺は医者ではありません。単なる手伝いです」

「だったら……！」

男は力ずくで暁生の腕を振り払おうとするが、できない。それどころか手首をがっちりと摑まれ、ぎりぎりと締め上げられて悲鳴を上げる。

「大人しく座って待っていただけますか。順番にお呼びしますから」

「わかった！　わかったから放してくれって……！」

暁生は待合室の隅にある椅子まで男を引きずっていくと、男が大人しく椅子に腰を下ろすのを見届けてからその手を放した。「とんだ馬鹿力だ。ひでぇ目に遭った……」などと近くの患者にぼやいている男を残して診察室に戻る。

診察室は窓辺に小さな机と椅子が置かれ、その傍らに診察用の寝台が設置されている。机の前には着物の上から白衣を着た白髪の老人がいて、母親に連れられてきた赤ら顔の子供を診ていた。この診療所の医師である田内《たうち》だ。

「待合室が随分うるさかったね」

診察室から出ていく親子を見送った田内が聴診器を外しながら呟く。暁生はその傍《かたわ》らに立って「打ち身の患者さんが一人いらっしゃいました」と告げた。

「少し酔ってるみたいです。順番を待っているうちに眠ってしまうかも……」

「そうなったら、君が診療所の外に放り出しておいて」

冗談とも本気ともつかない口調だが、おそらく本気だろう。「わかりました」と答えると、田内の目にわずかな笑みが浮かんだ。

「君を雇ってから、力仕事は全部任せられるから助かるよ」

それはよかった、と暁生も微笑み返す。

この診療所には老齢の田内のほか、女性の看護師が三人ほどいるだけだ。これまでは歩くこともままならない重病人の運搬や、先ほどのような困った患者をいなすのにかなり難儀していたらしいが、今は暁生がそれらを一手に引き受けている。

暁生が和成のもとを去り、当てもなくこの町に流れ着いてからもう半年が経つ。

口入れ屋の存在も知らなかった暁生は目についた店に飛び込んで働かせてほしいと頭を下げたが、身元も知れない人間などどこに行っても門前払いだ。

途方に暮れて道端で項垂れていると、同じく道端でうずくまる壮年男性に出くわした。何事かと慌てて駆け寄ると、男性から近くにある診療所に連れていってもらえないかと頼まれた。その診療所にいた医師こそが田内である。

患者を担ぎこんできた暁生を見た田内は眉一つ動かさず、暁生に向かって「ついでだからその人、診察室まで運んでくれる?」と言いつけた。言われた通り診察室に男性を運べば、今度は男性を寝台に乗せたり、起き上がるのに肩を貸すよう指示が飛んできた。

男性が診察を受ける間、なんだかんだとその補助のようなことを任されていた暁生は、無理を承知で田内に「ここで働かせていただけないでしょうか」と頭を下げた。

黙り込んだ田内に、暁生は精一杯自分を売り込んだ。力仕事には慣れているし、洗濯、掃除もすべて引き受ける。少しだが薬に関する知識もある。和成から教わった付け焼刃の知識で田内の気を引けないかと必死になって言葉を並べると「もういいよ」と遮られた。

駄目だったか、と肩を落とした暁生に、田内は言った。

「お喋りはいいから、次の仕事を手伝って」と。

それ以来、暁生はこの診療所で働かせてもらっている。

暁生を雇ってくれた理由について、「半端な知識をひけらかす君の姿が面白かったから」などと田内から言われたときは、門前の小僧じみたことをしてしまったと恥ずかしく思ったが、それで田内の興味を引けたなら万々歳だ。

実際のところ、半端ながら調剤について語る暁生を見て、医療に関して全くの素人ではなさそうだと判断して田内が雇ったという事実は暁生の預かり知らぬところである。

できることなら住み込みで働かせてほしかったが、田内は「他人を住まわせるほど我が家は広くないよ」と言い放ち、代わりに暁生に長屋を紹介してくれた。そんなわけで、思いがけなくとんとん拍子に暁生は働き口と住居を手に入れたのである。

診療時間が終わり待合室に行ってみると、重傷だと大騒ぎしていた男性が椅子に座って大いびきをかいていた。そのまま外に放り出しても良かったが、一応声をかけてみる。

目を覚ました男性はいくらか酔いも引いたらしく「迷惑かけて悪かったよ」と言い残して

診察も受けず出ていった。

「暁生さんが来てからああいう患者さんが大人しくなって助かります」

念のため男性を外まで見送って診療所に戻ってみると、看護師の女性たちからそんな言葉をかけられた。

「私たちが声をかけてもまともに聞いてくれなくて困ってたんです」

「そうそう。とにかく男の人が出てこないと場が収まらないんですよ。前はそのたび先生が診察室から出てきて、診療の時間が減ってしまうことも多かったんです」

「世の中、女に対して威張る男が多くって！」

憤慨したような口調で言ってから「あ、暁生さんは違いますよ！」と慌てたように言い添える。

「暁生さんは男の人なのに偉ぶらなくて、患者さんたちからも評判がいいんです」

「そうですか……。そう言ってもらえると嬉しいです」

笑い返しながらも、暁生は少々複雑な気分になる。

男の人、と迷いもなく言いきる彼女たちは、暁生をベータだと思い込んでいる。自分がオメガだと知ったら、彼女たちはどんな反応をするだろう。そのときもまだ、男の人、と言ってくれるだろうか。

第二性が判明するや実家の離れに隔離され、その後は婚家と実家だけを行き来していた暁生は、どこに行ってもオメガとして扱われてきた。こんなふうにごく一般的な男性として扱われるのはあまりに久々で戸惑うことは多い。

（こうしてみると、男として生きるのは気楽だな）

仕事を終えて診療所を出た暁生は、人通りの減った町を歩きながら夜空を見上げる。

オメガらしからぬ外見の暁生は、敢えて第二性を口にしない限りベータの男性として扱われる。オメガであるという事実を伏せただけで周囲から飛んでくる物珍しげな視線が一掃され、随分と呼吸がしやすくなった。

見た目ではわからない第二性に人の印象は引きずられる。

どうしてこんなことが起こるのだろう。目の前にいる相手の声と表情だけでその人となりを判断することはできないのだろうか。

（……こんなとき、和成さんならなんて言うだろう）

遠く瞬く星を眺めてそんなことを考える。

人間の社会は複雑だから、相手の顔と言葉だけですべてを判断するのは難しい、とでも言われるだろうか。人間が相手をだます生き物である以上、相手の持つ情報を可能な限り精査してなんらかの組み分けを見出そうとするのは人の性のようなものだ、と言われるかもしれない。

ヒート問答中は和成とそんな話ばかりしていた。あの家を出てからまだ半年しか過ぎていないのに、もう何年も昔のことのようだ。

この町に流れ着き、長屋で暮らし始めてから三か月後、暁生は初めて一人でヒートを迎えた。

最後に訪れたヒートの重さを考えると無事乗り切れるか不安もあったが、和成の書斎から持ち出した薬を飲んだおかげか、あのときのようなひどい症状は出なかった。

それどころか、これまでで一番症状が軽かったくらいだ。最初の三日に微熱が出ただけで、休まず診療所にも通うことができた。

ヒート前に飲む新しい薬はよほど画期的なものなのか。あるいは和成から離れ、日常的にアルファのフェロモンに晒されなくなったせいかもしれない。

和成に近づくたび感じていた柔らかな香りを思い出したら、胸の奥がぎゅっと引き絞られるように痛んで顔を俯けた。

和成のことを思い出すといつだって胸が痛む。それは何も言わず家を出てきた後ろめたさのせいかもしれないし、勝手に薬を持ち出してしまったことに対する罪悪感があるからかも知れない。そうでなければ、未だにフェロモンの影響が残っているのか。

もうそばに和成はいないしフェロモンの作用などあるはずもないのに、会いたい、声が聞きたいと思うこの気持ちは一体どこからきているのか。

唇から漏れた溜息が熱っぽくて、暁生は着物の襟を掻き合わせる。

そろそろヒートが近い。一週間ほど前からすでに薬を飲み始めているが、万が一往来でヒートなど始まっては大事だ。早めに家に帰ろうと足早に長屋を目指す。

表長屋の前を通り過ぎ、木戸をくぐって裏店《うらだな》に回る。共同井戸の脇を抜けた先にはドブを挟んで相向かいに長屋が二棟立っている。暁生の住む部屋は長屋の一番奥だ。

入り口に小さな土間、奥に四畳半の一間があるだけの部屋は壁が薄く、隣人の生活音が絶えず耳に飛び込んでくる。最初は常に他人の気配がして落ち着かなかったが、半年も暮らせばさすがに慣れた。

暁生は帰宅早々火鉢に火を起こすと、鉄瓶で濃く煮出した薬を飲んで息をついた。

寝に帰るだけの部屋には布団と火鉢、わずかな衣類しか物がなくひどく殺風景だ。唯一目を惹くのは、火鉢の脇に置かれた手箱くらいのものである。

彩色も彫り物も施されていない簡素な木箱の蓋を、暁生はそっと持ち上げる。中に入っているのは、和成からもらった黒のチョーカーと露草のしおりだ。

オメガであることを隠して生きていく以上チョーカーなど使い道もないのだが、和成が初めて暁生に贈ってくれたものだと思うと置いていけなかった。これをつけて親族の前に出た日、和成が周囲に対して啖呵《たんか》を切ってくれた姿を思い出すと自然と目元が緩んだ。しおりは半年経っても花びらが青く染まったままで、葉脈の浮いた葉も褪せることなく紙の上に留まっている。

『背を伸ばして凛と咲く姿を見て、お前を思い出した』

和成の言葉を思い出し、暁生は切ない溜息をついた。

教授との実地調査を終えて家に帰ってきた和成は、暁生が姿を消したことを知って何を思っただろう。落胆しただろうか。それとも怒り狂ったか。あるいは案外、飼っていた鳥や虫が籠から逃げた程度の反応だったかもしれない。

(もう俺のことなんて忘れてしまったかな……)

寂しい、などと思うのは身勝手だ。自分で家を飛び出しておいて。

暁生は箱からチョーカーを取り出して、そっとその表面を撫でる。

和成のことを考えると溜息が漏れた。それに胸が苦しい。体も熱い。

これもフェロモンのせいか。そうかもしれない。きっとヒートの前兆だ。

微熱と倦怠感、加えて日中の労働の疲れが襲ってきて、暁生はチョーカーを手にしたまま火鉢の傍らに横たわり、束の間瞼を閉ざした。

風がガタガタと戸口を揺らしている。この音も最初の頃は気になって眠れなかったが、もうすっかり慣れてしまった。

とろとろと微睡《まどろ》んでいた暁生だが、ガタッとひと際大きな音がして目を覚ました。

いつのまにか室内が暗くなっていた。行燈の油が切れたらしい。暗がりの中で緩慢な瞬きをしていた暁生は、部屋の戸口がわずかに開いていることに気づく。

閉め忘れたか。いや、ヒートが近いのだからそれはない。万が一にも匂いが漏れないようしっかりと戸を閉め、心張り棒まで渡しておいたはずだ。

だが、建てつけの悪い戸口は風に煽られガタガタと揺れ、はずみで棒が倒れてしまうことが何度かあった。そういえば目覚める直前、物音がした気がする。眠っている間にまた棒が倒れたか。そんなことを考えていたら、土間で微かな物音がした。

微睡みの淵にいた暁生は目を見開く。今、物音に衣擦れの音が交じっていなかったか。

(誰かいる)

背中に冷水でもぶちまけられたかのように全身が強ばった。

物取りか。人数は――おそらく一人だ。狭い土間に潜んでいるのだから複数人とは思えない。ならば十分応戦できる。

不審人物を撃退するつもりで拳を固めた暁生だが、戸口から吹き込んできた風が室内の空気を揺らすや、ざっと顔を青ざめさせた。

風に交じって鼻先に届いたのは、うっすらと甘い、アルファの匂いだ。

匂いに気づいた途端、戦意が根こそぎなぎ倒されていくのを感じた。相手がベータなら負ける気がしなかったが、アルファとなると話は別だ。体がガクガクと震えだす。

再び土間で物音がした。相手がこちらの様子を窺っている。

逃げなければ。暁生は全身を押し包む恐怖を払いのけ、勢いよく身を起こした。

暁生の動きに気づいたのか、土間の陰に潜んでいた何者かが荒々しく部屋に上がり込んできた。

アルファの匂いに交じって濃い酒の匂いがする。酔っ払っているのか足取りが危うい。泥酔したアルファがオメガの匂いを嗅ぎつけこんなところまでやってきたのか。

明かりがないので相手の輪郭は闇に紛れてよくわからないが、自分とさほど体格は変わらない。わかっていても、アルファの匂いに抗う気持ちが萎《な》えていく。

これまで暁生は何人ものアルファに嫁いできた。夫である相手から何をされても抗わなかったのは、嫁いだ以上は黙って耐えようという自分の意志だと思っていた。

だが、いざ顔もわからないアルファに襲われそうになってみて初めてわかった。そもそもオメガはアルファに抵抗できないのだ。相手がこちらを手籠めにしようとしているのがわかった途端、敵うわけもないと心が折れた。圧倒的なアルファの匂いに抵抗する気力をねじ伏せられる。

ふらつきながら部屋の奥まで入ってきた男が、ふいに口を開いた。

「お前、オメガだろ？　甘ぁい匂いがするじゃねぇか」

呂律《ろれつ》の回っていないしゃがれた声を耳にした瞬間、ぞっと背筋が粟立った。強張る体を無理やり動かし立ち上がろうとしたら、肩を摑まれ畳に突き飛ばされる。

「……っ、ぁ……！」

口を開いてみたが悲鳴すら上がらなかった。恐怖で喉がふさがれる。

暗がりの中、無遠慮にのしかかられて全身が震え上がった。相手の体格は自分とさほど変わらないはずなのに、アルファの匂いのせいか実際よりずっと大きく感じる。

恐ろしい。動けない。

相手の手が着物の襟を摑んで力任せに引っ張ってくる。必死で身をよじると後ろから抱きすくめられ、露わになった首筋に温い息を吹きかけられた。ぞっとして藻掻くも、いつもの力がまるで出ない。

助けを求めるように畳に手を這わせたとき、指先に何かが触れた。柔らかな布の感触と、その先端についた小さなボタン。眠る前に箱から出して眺めていたチョーカーだ。

和成の顔が脳裏を巡った瞬間、冷えきっていた全身に血が巡った。

（嫌だ……こんな相手に好き勝手されるなんて、絶対に嫌だ！）

思うが早いか、渾身の力で背後の男に肘鉄を食らわせていた。

肘がみぞおちにめり込んだのか男が低く呻く。体を拘束する腕が緩み、這うようにして部屋の外に出ようとしたら襟首を摑まれ引き倒された。

暁生は必死で抗った。いつものような力は出なくても、大人しく好きにされてたまるかと死に物狂いで手足を振り回す。

火の消えた行燈を蹴倒し、火鉢にしたたか肘を打ちつけ、男の足と思しき場所を遠慮なく踏みつけてやると小さな悲鳴が上がった。

「この野郎……っ！」

闇の中に苛立ったような声が響いて、後ろから肩を摑まれる。

もう一度肘を食らわせてやろうと振りかぶったそのとき、暁生の首に激痛が走った。

「あっ！」と初めて大きな声が出た。

首の裏、項の部分にざっくりと硬いものを突き立てられた。

痛い。いや、熱い。首筋がどくどくと脈打っている。何か良くないものが首から入り込んで全身を巡っていくかのようだ。体が何かに侵されていく。

全身に回っていくこれは、真っ黒な絶望感だ。

自力で体を支えられなくなって、ふらりと後ろに倒れ込む。背後にいた男はそれを受け止めきれず、二人してよろけて壁に激突した。

壁と暁生の間に挟まれた男が悪態をつきながら暁生を突き飛ばす。ドッと畳に倒れ込んだそのとき、部屋の戸がガラリと開いた。

「おい、何やってんだ真夜中に！」

暗い室内に響き渡ったのは隣に住む男性の声だ。たちまち暁生を襲っていた男が立ち上がり、戸口にいた隣人を突き飛ばして外に逃げていった。

「おわっ、なんだあいつ……。おいアンタ、大丈夫か？」

畳に倒れ込んでいた暁生はゆっくりと身を起こすと首の裏を掌で押さえ、小さな声で「はい」と答えた。

「すみません、夜遅くに……」

「俺はいいけどよ。なんだ、物盗りか？　災難だったなぁ、怪我とかしてないか？　今夜はしっかり戸締りして寝た方がいいぜ」

「はい、ありがとうございます」

なるべく気丈な口調で答えて深く頭を下げる。隣人が去った後は今度こそしっかりと心張り棒を戸口に渡し、ひっくり返した行燈に震える手で油を継ぎ足して火を入れた。

明るくなった室内を見回せば、畳の上に土足の跡がいくつもついていた。

荒れた室内を呆然と見回した後、暁生は自身の手に視線を落とす。

つい先ほどまで項を押さえていた掌に、薄く血が滲んでいた。

震える指で項に触れるとぬるりと滑る。血だ。さらに指を動かすと項に痛みが走った。

(噛まれた)

理解するや全身から力が抜け、ふらふらと畳に両手をついた。

(俺……つがいにされた？)

信じられない。たったこれだけのことで。つがいになったという自覚もない。驚きと不安で心臓は忙しなく脈打っているし、指先もひどく冷たくなっているが、それ以外に大きな体調の変化は感じられない。

(そうだ、つがいってヒート中に項を噛まれないと成立しないんじゃなかったか?)

自分はまだヒート中ではなかった――はずだ。

でもよくわからない。ヒート前に服用する薬を飲んでいるとかなりヒートの症状が軽くなる。前回は五日とかからずヒートが終わったが、それは前後数日の症状を薬で抑えていただけで、ヒート自体が短くなっているわけではないのかもしれない。

(もしもつがいにされていたら……?)

つがいと離別したオメガの余命は平均三年。つがいを失い正気を保てなくなるか、誰彼構わず体を求め、無理な出産を繰り返して寿命を縮めるかのどちらかだ。

これから本格的なヒートに入ったら、自分もこの項を噛んだアルファを死に物狂いで求めるようになるのだろうか。相手の素性も、顔すらよくわからないというのに。

呆然と宙を見詰めていた暁生は、なす術もなく視線を落とす。

火鉢の脇にチョーカーが落ちていた。もしこれを首につけていれば、こうも簡単につがいにされることなどなかっただろうか。それともこんな薄い布一枚ではアルファの歯牙を防ぎきれなかったか。

(だとしても、つけておけばよかった……)

せっかく家から持ち出していたのに。チョーカーに手を伸ばそうとして、その隣にしおりが落ちていることに気づいて動きをとめた。

暴漢と揉み合っているうちに破れてしまったのだろう。花は無残に台紙から剝がれ、土足の跡までついてしまっている。

この花を見て自分を思い出したと言った和成の声が蘇り、暁生はぐっと唇を噛みしめた。

宇津木家を飛び出した晩より、和成が住んでいる場所から遠く離れたこの町にやって来た日より、今一番強く和成を失ってしまったと思った。

（もう、あの人のつがいになれない）

頭より先に、心の方がその事実を認めてしまっている。

破れたしおりをそっと拾い上げ、ちぎれてもなお青い花びらを見ていたら、視界がぼやけて目に映るすべての色が溶けて混ざり合った。

「……っ、ぅ……」

しおりの上にパタパタと涙が落ちる。喉の奥から嗚咽がこみ上げてきたけれど、長屋の壁は薄い。隣人の耳に届かぬよう、着物の袖で口を覆って必死で声を噛み殺した。

俯けば項がじくじくと痛い。

傷口は見えなくても、もう二度と消えない痕をつけられてしまった事実をこの痛みが何度も突きつけてくるようで、暁生は声を殺して泣き続けた。

夜がこんなにも長いだなんて知らなかった。

部屋の隅で膝を抱え、まんじりともせず夜を明かした暁生は虚ろな瞳で思う。

すでに長屋の住人たちは起き出して、部屋の戸を開《あ》け閉《た》てする音や井戸で水をくむ音が薄く室内に響いてくる。そのうち食欲をそそる朝餉の匂いも漂い始めたが、暁生の表情は動かない。陰鬱な顔で膝を抱え、長屋の人々が仕事に出る頃ようやく自分も立ち上がる。

いつもより固く着物の襟元を合わせ、そっと戸口に手をかけた。万が一昨日の男が外で待ち構えていたらと思ったら膝が震えたが、敷地内に怪しい人影は見受けられない。

暁生は深く俯いて長屋を出ると、足早に診療所へ向かう。

俯くと項が引きつれたように痛んだ。それが嫌で顔を上げようとするが、向かいからやってくる人の中に昨日の男がいたらと思うとどうしても視線が下がってしまう。

周囲の視線を振り切るように足を速めて診療所までやって来た暁生は、その入り口に立ってぽかんと口を開けた。

診療所の入り口に『休診日』という札がかかっていたからだ。

そうだった。昨日診察所を出たときはきちんと覚えていたのに、あんなことがあったせいで休診日のことが頭から吹き飛んでいた。

忙しく立ち働いていれば先々の不安を考える暇もないかと思ったのに。肩を落として来た道を引き返す。

大通りは朝から多くの人が忙しく行きかっている。人込みの中を一人のろのろと歩いていたら、ふとどこからか甘い匂いがした。

アルファの匂いだ。

人通りの多い道を歩いていれば、どこからともなくアルファの匂いがしてくることも珍しくはない。だが、今日は思わず足を止めてしまった。

昨日部屋に押し入ってきたアルファの匂い——ではない。

これまで暁生はアルファの匂いを感じることはできても、個々の違いまでは嗅ぎ分けられなかった。押しなべて甘い匂いがする、ということくらいしかわからない。

だというのに、今ははっきりとわかった。これは昨日のアルファの匂いと違う。

そう認識した途端、強い拒否感に襲われてその場から駆けだしていた。

しばらく走って、人通りの少ない道端で立ち止まる。もうアルファの匂いはしないはずなのに、まだ背筋がぞわぞわと落ち着かない。鼻の奥に不快な匂いが残っている気がして、手の甲で乱暴に鼻をこする。

鼻先が赤くなるまで同じ行動を繰り返してようやく落ち着いた暁生は、自分の行動を振り返って愕然と立ち尽くした。

（……これがつがいを持つってことか）

他のアルファの匂いを受け入れられない。仄かに漂う体臭程度の匂いすら鋭敏に感じ取って拒絶してしまう。

この状況が一生続くのかと思ったら眩暈がした。

アルファは上流階級の人間に多いが、市井の人間にも全くいないわけではない。町を歩いていればたまにはすれ違うこともある。そのたびにこんな拒否反応に見舞われなければいけないのか。

診療所にだってアルファが患者としてやってくるかもしれない。そのとき自分は診療所の一員としてきちんと対応することができるだろうか。相手がどれほどひどい怪我を負っていたとしても、介抱すらできないのではないか。

（……和成さんも？）

ふと頭に浮かんだ可能性に慄然《りつぜん》とする。

和成の匂いも、自分はもう受け入れることができなくなっているのだろうか。

仄かに甘い和成の匂いを思い出して顔を歪める。記憶の中の匂いはこんなにも優しいのに、あの匂いに安堵する日はきっともう二度と来ないのだ。

一つ一つ寄る辺を失っていくような気分で、暁生はとぼとぼと長屋に帰った。

暁生の住む長屋は男性が多く、昼間は働きに出ている住人がほとんどなので辺りはひどく静かだ。木戸を潜り抜けて長屋の敷地内に入り、無人の井戸端を通り過ぎたところで暁生は足を止めた。

長屋の奥から、甘いアルファの匂いがする。

昨日の男が戻ってきたのかと身構えたが、匂いが違う。別のアルファだ。

逃げ出そうかと思ったが、立て続けにアルファがこの長屋にやって来た理由が気になった。ここにオメガがいると昨日の男が他のアルファに吹聴したのかもしれない。だとしたらもうこの長屋にはいられない。確かめなければ。

震える膝を叱りつけ、無理やり歩を進めて奥に進む。とにかく様子だけでも見てみなければと建物の陰からそっと顔を出してみれば、暁生の部屋の前に誰かが立っていた。

洋装に中折れ帽をかぶった長身の男性だ。象牙色の三つ揃いを着こなし、片手に革の鞄を持って俯き気味に立っている。

帽子の陰から整った横顔が見えて、暁生はヒュッと息を呑む。

くたびれた長屋には不似合いな出で立ちの男性は、誰あろう和成だった。

「……和成さん」

ふらふらと建物の陰から出て掠れた声で呼びかけると、俯いていた和成が弾かれたように顔を上げた。

視線が合った瞬間、全身の筋肉が竦み上がった。一瞬で指先から熱が失せる。

和成に見詰められただけで冷や汗が浮いた。怖い、という言葉が頭の中を占拠する。

勝手にあの家を飛び出した上に薬まで持ち出したことを咎められるのではないか、などという理屈のある恐怖ではなかった。ただ和成の存在が怖い。和成がこちらに体を向けただけで警戒して筋肉が張り詰めてしまう。

身じろぎもできず立ち尽くしていると、和成がおもむろに帽子を脱いだ。それを胸元に当て、傍らの長屋に目を向ける。

「ここがお前の家か？」

出し抜けに尋ねられ、びくりと肩を震わせた。辛うじて「はい」と返事をすると、和成がまたゆっくりとこちらを向く。

「部屋に入れてもらえるか？」

とっさに首を横に振ってしまいそうになった。少し距離を置いたこの場所からでも和成の匂いが漂ってきて咳き込んでしまいそうなのだ。小さな部屋で二人きりになるなんて耐えがたかったが、自分が和成にしたことを思い出せば断れるわけもない。

暁生はごくりと唾を飲み、小さく頷いて足を踏み出した。

一歩、また一歩と和成に近づくにつれ、体が小刻みに震え始めた。和成がこちらを見ていると思うと怖くて顔を上げられない。だんだんと強くなるアルファの匂いが怖い。

和成の傍らをすり抜け、先んじて部屋に入る。後から和成も中に入ってきた。

背後で和成が部屋の戸を閉めると、室内に甘い匂いが立ち込めた。

ひどく危機感を煽られる匂いだ。今すぐここから逃げ出したくなる。

必死で震えを隠し、暁生は草履を脱ぎながら和成に声をかける。

「な……何もない所ですが、上がってください」

「ありがとう」

少しでも和成から距離を取るべく暁生は部屋の角に腰を下ろす。和成はと見ると、土間から上がってすぐの場所に膝をついて端座していた。

もう少し奥まで上がってください、と言うべきところなのだろうが声が出ない。これ以上和成が近づいてきたら悲鳴を上げてしまいそうだった。

（そうだ、まずは勝手に家を出たことを謝らないと……）

突然和成が現れたことに驚き、その匂いに怯える自分に動転して最初に口にすべき言葉をまだ告げていなかった。震える指を揃えて和成に頭を下げようとしたそのとき、それまでじっとしていた和成が突然動いた。

ダン！　と大きな音を立てて和成が両手を畳につく。ひっ、と暁生が小さく喉を鳴らした次の瞬間、和成に勢いよく頭を下げられた。

「俺が悪かった！」

大声に驚いて、身じろぎ一つできなかった。和成はそれに気づいた様子もなく、額が畳につくほど深く頭を下げてまくし立てる。

「急に『つがいにならないか』なんて持ち掛けた俺が悪かった。同じ屋根の下で暮らすアルファからあんなことを言われたら不安になるのも当然だ。忘れてくれ。もう二度と言わない。お前の項に歯を立てるようなこともしない。約束する」

和成はガバリと顔を上げると傍らに置いていた革の鞄を引き寄せ、鞄を開けて暁生に差し出してきた。中に入っていたのは、暁生が和成の部屋から持ち出したのと同じ薬の瓶だ。

「ヒート抑制剤だ。もし今以上にお前のヒートが重くなったとしても、薬ならいくらでも用意する。今後改良も加える。もっとお前の体質に合う薬に近づける」

和成は一心に暁生を見詰め、そこで初めて表情を歪めた。

「お前が姿を消した後、方々行方を追った。お前の実家にも行ったがなんの手掛かりもなく、見つけ出すのにこれだけ時間がかかった」

眉間に皺を寄せ、唸るように喋る和成の顔は怒っているように見える。ただでさえアルファの匂いに怯えていた暁生は、恐怖に駆られて崩れ落ちるように平伏した。

「も、申し訳ありません、勝手に薬を持ち出して……」

「薬なんてどうでもいい！」

大声に肩を竦ませると、急に和成の声が途切れた。何事かとおっかなびっくり顔を上げれば、和成が両手で顔を覆って項垂れていた。

「か、和成さん……？」

さすがに驚いて声をかければ、和成の手の下からくぐもった声がした。

「……お前がいなくなってから、研究も何も手につかないんだ」

このときばかりは恐怖心より和成を案じる気持が勝って、わずかに身を乗り出してしまった。

「俺がいなくなってから、一体何があったんです？」

和成は肩を上下させて溜息をつくと、顔を覆っていた手をゆっくりと下ろした。その下から現れたのは、目の落ちくぼんだ憔悴《しょうすい》しきった顔だ。

「言葉の通りだ。お前がそばにいないと何も手につかない。アルファ特有の独占欲によるものらしい。実際つがいにしなくても、つがいと認めた相手がそばにいないとこんなにも情緒不安定になる」

さらりと口にされた『つがいと認めた相手』という言葉に胸を打たれる。ともに暮らした半年以上の間に、和成は自分をつがいと認めてくれていたのか。

感動で胸が痺れたが、和成がそう感じたのもまたフェロモンのせいかもしれない。ぬか喜びはするまいと、暁生は膝の上で何度も指を組み直した。

「は、半年以上同じオメガと一緒に暮らしていたから独占欲じみた症状が出てしまっただけでは……？　今まで近くで感じていたフェロモンが急に消えて、それで情緒不安定になったという可能性も……」

「もちろん、その可能性も検証した」

目の下に隈を作りながらも、きっぱりとした口調で和成は言う。

「長期間同じオメガと寝食をともにすれば、この症状は相手が誰だろうと常に起こるものかもしれない。実際どうなのか確かめるために、お前がいなくなってから新たにオメガの使用人を雇って離れで一緒に暮らしてみた」

暁生は愕然と目を見開く。

信じられない。自分が和成と同居できたのは、暁生のフェロモンが一般的なオメガより極端に少なかったせいだ。でなければ和成はオメガの強烈なフェロモンに抗えなかっただろうし、こちらもヒート中に和成に襲い掛かっていたに違いない。

「一緒にって、本当にずっと一緒に……？　ヒート中もですか？」

「そうだ。抑制剤を飲ませたら、お前ほどではないがそれなりに効果が出た。かなり苦しんではいたが、相手もどうにか理性を手離さずにいられたようだ」

「和成さんは……」

「俺はお前のおかげでオメガのフェロモンに中《あ》てられるとどうなるのか体験済みだからな。いつもより濃い匂いだとは思ったが、我を忘れるほどじゃなかった。アルファ用の薬を服用していたのも良かったのかもしれない」

暁生は胸を撫で下ろし、次いでそんな反応をしてしまった自分を恥じた。和成が他のオメガと暮らそうとつがいになろうと、どうこう言う権利など自分にはもうないのに。

「ヒート中でなければベータの使用人と変わらない。普段は食事の用意をしてもらったり、お前にしてもらったように標本の整理なんかを手伝ってもらったりした」

「……そうですか」

自分が和成にしてきたことは、他の誰かでも代わりが務まってしまうものなのだ。そんな事実を目の当たりにして俯こうとしたら、和成の盛大な溜息に止められた。

「新しい使用人はよく働いてくれるし気立てもいいが、これといった執着を感じない。すぐそばに他のオメガがいるのに、考えるのはお前のことばかりだ」

衒《てら》いのない言葉が、胸に漂っていた湿った感情を吹き飛ばす。そんなふうに言われて喜べる立場ではないと自覚しつつも、胸に歓喜が溢れてしまう。

「こんなこと、検証するまでもなく少し考えればわかることだったんだ。でも俺はどうしても自分たちを研究対象として見てしまって、真っ先にフェロモンの効果を疑った」

自らの言葉を打ち消すように、和成は首を横に振って続ける。

「今ならわかる。フェロモンなんて関係ない。俺はお前に惹かれてるんだ。そうでなければどうして半年間もお前を忘れられずにいたのか説明がつかない。こうしてお前を探し当てて、今にも抱きしめそうなのを必死で耐えている理由もわからない」

そこで初めて、和成が自分の膝頭を強く握りしめていることに気がついた。動き出しそうな手を必死でそこに押しとどめているかのようだ。

和成は自身の膝を強く握ったまま、懸命に暁生に訴えかける。

「他のオメガでは替えがきかない、お前でないと駄目なんだ。できれば家に戻ってきてほしい。どんなにお前のフェロモンが甘く香っても耐える。薬もある。そばにいてももう二度無理強いはしないと約束する」

深々と頭を下げられ、暁生は慌てふためいて「顔を上げてください」と声を上げた。

「それに、無理強いって……？　和成さんにそんなことされた記憶ありませんよ」

「つがいにならないかと持ち掛けただろう。だから出て行ったんじゃないのか？」

ようやく顔を上げた和成は自責の念に駆られたような顔だ。

和成の懸念したようなことは一つもないのだが、置手紙には出ていく真意を書いていなかった。下手に言葉を連ねると和成の同情を買ってしまいそうだったからだ。いっそ恨んでくれればと思っていたが、こんな勘違いを生じさせるとは想定外だ。

和成は膝の上で固く拳を握り、呻くような声で言う。

「あのときは、お前の体が少しでも楽になればと思って……いや、たぶんあのときからもう、お前を誰にも奪われたくない気持ちがあったんだ。だからあんなことを言ってしまった。でも安心してくれ、二度とつがいになろうなんて口にしない」

和成は暁生の顔を見詰め、再三深く頭を下げた。

「頼む、戻ってきてくれ。俺のそばにいてくれ。他には何も望まない」

何度でも自分に頭を下げる和成を、暁生は呆然と見詰める。

和成と離れて暮らしたこの半年間、折に触れて和成のことを思い出した。もうフェロモンの影響はないはずなのに、胸に食い込んだ棘のように、痛みを伴い何度でもその存在を主張する。

和成を思い出すたび、寂しいと思った。会いたいと思ったし、声が聞きたいと思った。憂鬱なヒートを少しだけ楽しみなものに変えてくれたヒート問答が懐かしい。和成と離れ離れになった後は、和成との日々を思い出すたび痛いほど胸が締めつけられた。

全部フェロモンのせいだと思っていた。

でも違ったのだ。だって和成のまとう匂いに体はこんなに怯えているのに、和成を恋しく思う気持ちはしっかり残っているではないか。

これは慕情だ。アルファもオメガも関係なく、和成と暁生が培ってきた時間の中で生まれた確かな感情だ。

ようやくそう自覚できたのに、暁生は動くことができない。和成のもとに近づくことも、腕を伸ばすことさえできず、膝の上で固く両手を握り合わせる。

「……ごめんなさい」

室内に響いた声は、我ながら情けないほど震えていた。

　短い沈黙の後、頭を下げ続けていた和成がゆっくりと身を起こす。眉を寄せてこちらを見る表情は、怒りではなく悲哀に満ちていた。

「もう無理か？」

　囁くような声で尋ねられ、暁生はますます強く手を握りしめる。

　言わなければ。そう思うけれど舌がへばりついたように動かない。口の中がからからで、唾を飲んだつもりが喉仏が上下するだけに終わってしまう。

　自分でもまだ認められない。けれどこうして和成のそばにいることで、予感は確信に変わってしまった。

　暁生は視線を落とし、互いの間の畳を睨みつけるようにして口を開いた。

「無理です。だって俺は、貴方以外のアルファのつがいになってしまったんですから」

　言葉にしたら、その事実が逃れられない真実として背中にのしかかってきた。重圧に潰されそうで背中を丸めれば、向かいから和成の声が飛んでくる。

「――どういうことだ？」

　地鳴りにも似た低い声にびくりと肩を震わせ、暁生はなるべく淡々と昨晩の出来事を語った。この部屋で見知らぬアルファに無理やり項を噛まれたと口にすると、ぐう、と和成が喉を鳴らした。

「だが、ヒート中に項を噛まれなければつがいにはならないはずだろう。見たところ、お前はヒート中ではなさそうだが……」

「和成さんの薬を飲んでいるからです。新しい薬はヒート前から飲んでいると、ヒート中の症状がだいぶ緩和されます。初日や最終日はヒートになっているのがわからないくらいに。ですから、今も俺、本当は……ヒート中なんだと思います」

なるべくなんでもないことのように事実を語ろうと努めてきたが、そろそろ限界だ。喉が痙攣してしまって、暁生は何度も空気と一緒に唾を飲み込んだ。

「こうして貴方と一緒にいても、ずっと、震えが止まらないんです。和成さんに会えてこんなに嬉しいのに、つがい以外のアルファといるのが、怖いんです」

瞬きを堪えていたのに、目の縁に涙が盛り上がって頬に転がり落ちてしまった。それを隠す術もなく、嗚咽と一緒に声を吐き出す。

「もう俺、貴方のそばにいる資格なんてない……！」

「暁生……！　待ってくれ、それは」

黙って聞いていられなくなったのか、和成が立ち上がろうと膝を立てる。

室内の空気が大きく動き、和成のまとう匂いが鼻先を掠めた瞬間、暁生はとっさに顔を背けて壁際まで身を引いてしまった。

ほとんど無意識の行動だ。ハッとしたときにはもう遅い。恐る恐る和成に目を向けると、和成は膝立ちになったまま傷ついたような顔でこちらを見ていた。

そんな顔をさせてしまったことに罪悪感が湧いて、今度こそ涙が堪えられなかった。

「ごめんなさい……」

相手は和成だとわかっていても、どうしても体が逃げを打ってしまう。意志の力では抑制が効かない。

和成は小さく首を横に振り、無言でその場に座り直す。暁生を驚かせないようゆっくりとした動作を心掛けているのが傍目にもわかる動きで。こんなときまでまずこちらを気遣ってくれる優しさに触れ、暁生は子供のように顔を歪めた。

「……ごめんなさい。俺も貴方のこと、好きです。家を出る前からずっと」

涙で滲んで和成の顔が見えない。今さら言ってもどうにもならないことだとは知りつつ、輪郭も曖昧な和成に向かって頭を下げた。

「申し訳ありません、せっかくこんなところまで追いかけてきてくれたのに……」

「好きなのか」

涙で溺れそうな暁生の言葉を、和成の小さな声が押し止める。

「他の誰かのつがいになっても、まだ俺を好いてくれているのか？」

戸惑ったような声だった。そんなことがあり得るのかと疑っているのかもしれない。

自分の心を疑われたようで傷ついて、暁生は声を高くした。

「好きなのに、体が言うことを聞いてくれないんです……！」

悲痛な声を上げて項に手を当てる。握りしめると鈍く痛んだ。

こんな掌に収まってしまうくらい小さな傷をつけられただけで体全部が変質してしまった。ぎりぎりと項を握りしめると、「よせ」と和成が慌てたような声を上げた。

「傷口を押さえたら痛むだろう。ほら、手に血がついてるじゃないか」

項から手を離すと、確かに掌に血が滲んでいた。暁生はその手を握りしめ、顎から滴り落ちる涙を乱暴に拭う。

和成はしばらく身動きもせず暁生の様子を見守り、しゃくり上げて乱れた暁生の呼吸が整ってきた頃合いを見計らってそっと口を開いた。

「傷口の手当てをさせてもらえないか？　せめて傷を見るだけでも……」

難しいだろうか、と呟く和成を見て、暁生は湿っぽくなった着物の袂を握りしめた。

泣いて鼻が詰まったおかげで、少しだけ和成の匂いが遠ざかった……ような気がする。本当は口から息を吸えば甘みを感じてしまうので鼻が詰まってもさほど影響はないのだが、無理やりそういうことにして和成に背を向けた。

「どうぞ」と俯いて項をさらせば、背後でゆっくりと和成が立ち上がる気配がした。

襟元を強く握りしめると、服の下で心臓がバクバクと激しく脈打っているのが指先に伝わってきた。つがい以外のアルファに背中を向けることがこんなに恐ろしいだなんて知らなかった。嫌でも呼吸が浅くなる。

暁生の傍らに膝をついた和成は決して体に触れることなく、首だけ伸ばして項を覗き込んだ。

「……確かに、つがいにされた跡が残ってるな」

声に落胆が混ざっている気がして、ヒュッと喉を鳴らしてしまった。氷の塊で胸を殴りつけられたようで息ができない。

つがいとは違うフェロモンをまとう和成と一緒にいると居心地が悪くて仕方がないのに、見放されてしまったと思ったら寂しさで胸が張り裂けそうになった。相反する感情に心が引きちぎられてしまいそうだ。

「傷口に触れていいか？」

唐突な問いかけに目を瞠る。何も言い返せずにいると「ハンカチを当てるだけだ」と言い添えられた。

ごくりと唾を飲み、頷いて深く前に首を倒した。ややあってから項にそっとハンカチを当てられ、隠しようもなく体をびくつかせる。

「血を拭うだけだ。心配しないでくれ」

わかっていても全身に力が入った。

もしも今、上書きでもするように項を噛まれたら正気を保てないだろう。それは予想というより確信に近い。和成ならそんなことをするわけがないとわかっていても歯の根が合わなくなる。

項に噛み痕をつけたのは顔も名前もわからないアルファなのに、こんなふうに勝手に操立ててしまうオメガの自分が滑稽《こっけい》だ。情けなくて鼻をすすっていたら、項に当てられていたハンカチが離れた。

襟元を正して振り返ると、暁生の傍らに和成が腰を落ち着けていた。

先ほどよりも互いの距離が近い。逃げ出しそうになる体を無理やりその場に押しとどめ、暁生も和成に体を向けた。

互いに膝をつき合わせ、言葉を探すように黙り込む。

先に口を開いたのは和成だ。

「お互い、惹かれていたのにな」

独白めいた口調で呟き、和成はその顔に強い後悔を滲ませた。

「フェロモンだなんだと余計なことは考えず、俺が心のままお前に手を伸ばしていれば……。いや、あと一日ここに来るのが早ければ……」

自分を責めるような言い草に胸を衝かれ、暁生は大きく首を横に振った。

「俺が逃げ出さなければよかったんです。もっとちゃんと和成さんと話をするべきでした。でも、自分のフェロモンが貴方を毒してしまうんじゃないかと思って……。それに貴方は、アルファとして生きることを避けようとしているように見えたんです。なのに俺のせいで、つがいなんて……」

責任感や同情を捨てきれず、自分のために生き方を変えてほしくなかった。そのためには、自分が和成の前から姿を消すしかないと思っていたのだ。

話を聞いた和成は「そうか」と呟いて細く長い息をついた。しばらく無言で畳の目を眺めてから、ふいに居住まいを正す。

ほんの少し身じろぎされただけでまた体をびくつかせてしまった。和成を恋しく思う気持ちは本当なのに、こんな反応をしてしまう自分の体が忌まわしい。

「お前が他のアルファのつがいになってしまったことはわかった」

いよいよ話は終わりに近いらしい。別れ際にせめて涙は見せまいと、暁生も姿勢を正して腹に力を入れる。

和成と会うのもこれが最後だ。しっかりとその姿を目に焼きつけたい。

涙をこらえてじっと目を凝らす暁生に、和成は言った。

「それでも俺は、お前にそばにいてほしい。だから、お前さえ俺のフェロモンに耐えられるなら、どうか家に戻ってくれないか。籍はそのままにしてある」

もういい。二度と会わない。そんな言葉を予想していた暁生は目を瞠る。

「勝手にいなくなったのに……まだ籍はそのままなんですか？」

婚家から黙って姿を消したのだ。とっくに離縁されているものとばかり思っていた。

和成は少しだけ姿勢を崩し、唇に微苦笑を浮かべた。

「お前を探し出して、別れてほしいと直接言われるまでは意地でもそのままにしておくつもりだった。どうしても、諦めきれなくて」

口元に浮かべた笑みを消し、和成は真剣な表情に戻って続ける。

「俺の顔を見るのも嫌だと言われたら大人しく引き下がるつもりでいた。でも、お前は俺を好いてくれているんだろう？」

だとしても、自分はもう他のアルファのつがいだ。そう繰り返そうとしたら和成の言葉に遮られた。

「つがった相手は誰だかわからないんだろう。もう二度と会えない可能性もある。つがいのいない状態で一人生きていくのは厳しいぞ。手持ちの薬にも限りがある。でもうちにはヒートを抑える薬がまだたんまりある。新しくお前に合う薬も調合できる」

どうだ、と迫られてもすぐには返事ができなかった。和成が何を思ってこんなことを口にしているのかわからず、切れ切れに尋ねる。

「なんで俺に、そこまで……？　俺はもう、貴方のつがいにはなれないのに」

一度項を噛まれたオメガは一生他のアルファとはつがえない。それくらい和成だってわかっているはずなのに、返ってきたのは穏やかな笑顔だった。

「つがいにならなくても最後まで一緒にいる。俺たちは最初から、そうやって添い遂げようとしていただろう？」

瞬間、見合いの日に離れで和成と交わした会話が暁生の脳裏に鮮やかに蘇った。

そうだ、自分たちは最初から、結婚してもつがいにならない夫婦になろうと約束していたのだ。性交渉はしない、子供も産まない。夫婦ではなく悪友のような、そういう型破りなアルファとオメガの夫婦になってやろうと画策していたではないか。

和成は暁生の表情の変化を見守り、困ったように眉を下げた。

「頼む、ほだされてくれ。どうあってもお前を手離せそうにない。他の人間では代わりにならないくらい、心底お前に惚れてるんだ」

これ以上ないほど言葉を尽くされて唇を噛んだ。そうしないと子供のように声を上げて泣いてしまいそうだ。

第二性に振り回されることなく生きたいと望んで偽りの結婚生活を始めたのに、結局相手のことを好きになってしまった。けれどアルファとオメガだから、フェロモンのせいだからと自分の恋心を認められず、家を飛び出した結果がこれだ。

見ず知らずのアルファにつがいにされ、ようやく和成への想いがフェロモンの影響によるものではないと証明できたが、本当に恋した相手とはもう永遠につがえない。

思い通りにならない。人生はこんなにもままならない。

でも和成はここまで追いかけてきてくれた。望まぬ結末を迎えた暁生を突き放すことなく、最後まで一緒にいると言ってくれた。

差し出されたこの手を拒んだら、この先ずっと後悔する。

暁生は両膝の上に拳を置き、しばし心を整えてからおもむろに身を乗り出した。

不思議そうな顔でこちらを見ている和成のもとにじりじりと近づき、互いの膝がぶつかる距離で動きを止めると、思いきって和成の膝に右手を置く。

和成はぎょっとした顔で空気を噛むように口を動かし、人慣れしない猫にでも話しかけるときのような潜めた声で囁いた。

「……大丈夫なのか。震えてるぞ」

和成の膝に置いた手だけでなく、肩も背中も震えている。額に脂汗まで浮いてきて、暁生は固く目を閉じると包み隠さぬ本音で応じた。

「怖いです。貴方は俺のつがいじゃない。……でも、触れたいんです」

和成はひどく狼狽《ろうばい》した様子で暁生を見ていたが、暁生が動かないと見ると恐る恐る手を動かして、膝に置かれた暁生の手にそろりと自身の手を重ねた。

耐えようとしたのに体がびくついてしまった。和成が慌てて手を離そうとするので、

「離さないで」と涙声で訴える。

「怖いけど、そばにいたいんです。俺も貴方が好きなんです――……」

せめてそれだけは伝わってくれと、祈るような思いで口にする。

和成は宙に浮かせていた手を戸惑ったように揺らすと、またゆっくりと暁生の手の上に着地させた。それからもう一方の手も、ゆるゆると暁生へと伸ばす。

肩に和成の手が触れて息を詰める。おそらく体も震えてしまっただろうが、和成はもう手を引こうとはしなかった。暁生の息が整うのを待って、ゆっくりゆっくりその手を背中に移動させる。

慎重に引き寄せられ、暁生もぎこちなく和成の肩に額を押しつける。肩口から漂う甘い匂いに息を止めてしまいそうになったが、無理やり呼吸を続けた。

和成の腕の中は温かい。だが居心地が悪い。怖い匂いがする。逃げ出したい。でもここにいるのは和成だ。その事実だけが辛うじて暁生をこの場につなぎとめている。

「……声を聞かせてください」

小声で呟くと、和成がわずかに身じろぎした。

「声が聞こえた方が落ち着くのか」

「はい、こうやって顔が見えないときは特に……」

「わかった。何か喋っていた方がいいんだな。だったら……そうだな、あの」

声を途切れさせてはいけないとでも思ったのか、「あれだ」「その」と短い言葉を繰り返し、和成は喉の奥で唸った。

「改めてやってみると、絶えず何か喋り続けるのは難しいな」

途方に暮れたような声に、ふ、と小さく笑ってしまった。

和成に再会してから初めて漏れた笑みだ。和成もそれに気づいたのだろう、強張った暁生の肩をあやすように軽く叩く。

「これからもそばにいてくれ。傍らにいるのは、生涯お前だけでいい」

硬直した体を和成の肩に押しつけ、掠れた声で「はい」と答えながら、まさかこんな人生が待ち受けているなんて考えもしなかったとつくづく思った。

オメガはアルファと結婚して子供を産むのが当然。そんな風潮にずっと前から辟易していた。周りからの圧力で自分の心のありようを変えたくない。考えを曲げるのもまっぴらだ。屈するものかと意固地になっていたが、人の心を変えるのは無神経な周囲からの圧力ばかりではないのだと、そんなことに今ようやく気がついた。

時が流れ、傍らに立つ人の顔ぶれが変わることで日々の生活は一変する。それまで知らなかったことを知り、理解できなかったものを噛み砕き、視野が広がることで心が緩やかに変化することもある。

考えは無理やり変えられるのではなく、刻一刻と変わっていくのだ。その場所、その立場、その時々によって。

自分の考えは何があっても変わらないなんて、少し前の自分はどうしてああも頑なに信じられたのだろう。

　和成に背中を叩かれる振動に身をゆだねるうちに少しずつ体の緊張が緩んできて、暁生は深く息をついた。

「自分の考えを変えたくないと意固地になって、俺は大事なものを見逃してしまいました。でも、もしももう一度選ぶことができるなら……俺も貴方と添い遂げたいです」

　自分の考えや立場や、己を形作るものを変えてでも添いたい。相手の懐に収まるようにこの身を添わせたい。

　第二性を知る前の自分ならこんなふうには思わなかった。自分は男だし、相手を添わせるのが当然だと思っていたからだ。オメガとわかった後は意地でも相手に添いたくなかった。それが当然と求められるのが癪《しゃく》だった。

　けれど今、こうしてすんなり添い遂げたいと思えたのは、和成もまた自分に寄り添おうと心を砕いてくれているのがわかるからだ。

「……他のアルファのつがいになった俺でも、そばに置いてくれますか？」

　暁生の背中を叩いていた手が止まり、背中にそっと掌を添えられる。

「もちろん。さっきからそう頼みこんでるだろう」

　耳元で聞こえた和成の声は、少しだけ湿っている気がした。背中に回された腕にもわずかに力がこもって心臓が不規則な鼓動を刻んだが、また逃げ出してしまわぬよう暁生は自分から和成の背中に腕を回す。

「お、おい、大丈夫か？　無理しなくても……」

「無理でもなんでもさせてください」

つがいとは別のアルファと一緒になろうとしているのだ。無理も無茶も押し通さなくてはどうにもならない。困難なことはわかっていて、それでもなおこの手を取ったのだから。

「もう放さないって決めたんです」

肩で息をしながら和成の背中を握りしめていたら、ふいにずるりと体が傾いた。

「暁生……お前、発熱してないか？　そういえば今、ヒート中だとか言ってたな？」

「はい、たぶん……」

「このまま連れ帰るぞ、いいな？　すぐに車を呼んでくる」

ヒートがひどくなってきたと自覚した途端、ぐったりと体が重くなった。暁生は和成に凭れ「近くに、ずっとお世話になっていた診療所が……」と朦朧《もうろう》としながらも伝える。身元もわからない自分を雇ってくれた田内や、よくしてくれた診療所の面々に何も伝えず姿をくらませるのは気が引けた。

「わかった、後の始末はすべてこちらでやる。とにかくお前は休め」

畳に寝かされた暁生は「お願いします」と答えるのが精いっぱいで、後はもう泥を煮詰めたような熱に襲われ、ろくな受け答えもできなかった。

馬車に揺られて半年ぶりに宇津木家に戻ってくるなり、本格的なヒートが始まった。しかもかつてなく症状が重い。

薬も今回は全く効果がない。意識が朦朧とするほど熱が上がったきり下がらず、食事はおろか水すら喉を通らなかった。ひどく喉は渇いているのに、飲み込もうとすると喉の奥から押し返されて吐き出してしまう。熱にうなされ渇きに呻き、全身の血が沸騰して干からびてしまいそうだった。

かつてないこの症状が何を示しているのか、暁生にはぼんやりと理解できた。

つがいを求めて全身の血が暴れ回っているのだ。

求めるものがここにない焦燥と苛立ちはやがて絶望に代わり、暁生の気力を根こそぎ奪っていく。どうしようもない寂しさに襲われ身も世もなく泣きじゃくる自分が信じられなかった。

気を紛らわせようにも、もう和成に枕元にいてもらうこともできない。それどころか、部屋の前に和成が立つだけで悲鳴を上げてしまう。襖も開けぬうちから和成の匂いに怯え、一度は恐慌状態に陥って過呼吸まで起こしかけた。

暁生に全く近づくことのできない和成に代わって看病をしてくれたのは、暁生がいない間この離れで働いていたという青年だった。

雪彦《ゆきひこ》と名乗った青年は暁生と同じオメガで、今年で十七歳になったという。

雪彦は暁生のもとに食事を運び、着替えを手伝って、薬も飲ませてくれた。

屋敷に戻ってきて三日も経つとようやく高熱と情緒不安定が落ち着いてきて、枕元で甲斐甲斐しく世話を焼いてくれる雪彦とも話ができるようになった。

「俺がいない間は、君がずっとここで……?」

熱で消耗しきって枕から頭を起こすこともできないまま尋ねると、屈託ない笑みを浮かべた雪彦から「そうですよ」と返された。

「使用人として働いてました。最初はアルファと離れで二人っきりなんて、囲われ者になれってことだと思ったんですけど、出会い頭に和成様から言われました。『お前とつがいになる気はないから間違っても言い寄ってこないでくれ。必要なら別のアルファを紹介する』って。変わった方ですよねぇ」

暁生の額に水で冷やした手拭いを置きながらおかしそうに笑う雪彦を見上げ、こんな綺麗な子にそんなつれないことを言ったのか、と暁生はぼんやり思う。

行燈の明かりが灯る薄暗い室内でもわかるほど雪彦の目鼻立ちは整っている。その名の通り肌も雪のように白い。艶やかな黒髪を耳にかける指先は細く、全体的に華奢で、世の人が想像する中性的な美貌のオメガそのままだ。

「雪彦君は、どういう経緯でこの家に……?」

和成とヒート問答をしていたときの癖が出て、つい枕元にいる雪彦に問いを重ねてしまった。雪彦はそれを嫌がるでもなく、にこにこと笑って応じてくれる。

「僕、もとは長屋の生まれなんです。四畳半の家に親と兄弟の七人でぎゅうぎゅうに暮らしてたんですけど、バース検査でオメガだってわかったらすぐ華族から声がかかって養子に出されたんです。これで貧乏長屋生活ともおさらばだ！　って舞い上がったんですけど、養子に行った先が借金まみれの没落華族で」

ともすれば深刻になりそうな身の上話を、雪彦はその繊細な面立ちに似合わぬ豪快さで笑い飛ばす。

雪彦を引き取った華族は雪彦を名家のアルファと縁づかせて起死回生を図ろうとしていたようだが、借金の返済が追いつかずに一家離散。養子である雪彦も借金取りに追い回され、もはや実家にも帰れず途方に暮れていたところ、男性オメガの働き手を探しているという噂を小耳に挟んだ。

オメガの働く場所といったら遊郭くらいのものだ。しかし背に腹は代えられない。どうせもうすぐヒートも来てしまうし、行きずりのアルファに襲われるくらいなら、と覚悟を決めてやって来たのがこの屋敷だったらしい。

「離れで使用人として働いてほしいと言われたときはびっくりしました。妾の間違いじゃないかと思ったんですけど、本当にそういうことは全くなくて……あ、すみません。僕一

「人でぺらぺら喋って」

慌てたように口をつぐんだ雪彦を見て、暁生は薄く汗をかきながらも微笑む。

「いいよ、気が紛れる。もう半年もここで働いてるんだよね。ヒートもあったはずだけど、そのときは？」

「和成様の薬を飲ませていただきました。すごいですね、あの薬！　あれさえ飲んでおけば高熱しか出ないんですから！」

興奮気味にまくし立てられ、暁生は小首を傾げる。

「薬を飲んでいても高熱は出るの？」

「出ますが大した問題じゃありません！　いつもは体がアルファを求めてしまって本当に苦しいんです。最後は意識も飛んでしまいますし、その間に自分が何をしでかしたのか後から人伝《ひとづて》に聞いて、消えてしまいたくなることもよくありました」

暁生のヒートは風邪の症状と大差ない。今回はつがいを持ったせいか下半身がぐずぐずに濡れ、腹の奥が溶けるほど熱くて苦しみはしたが、それでも理性はしっかり残った。

しかし一般的なオメガは、高熱やそれに伴う節々の痛みに加え、性的な興奮にも苦しめられるのだ。挙句意識が飛んでしまえば自分が何をしでかすかわからない。

それがないだけでもありがたいことだと雪彦は噛みしめるように言う。

「暁生さんも薬が効いてるみたいで良かったですね」

「そうだね……。でも、いつもはもっとよく効くんだよ。前回のヒートは微熱が出ただけで、寝込むことすらなかったから」

本当ですか、と雪彦は目を丸くする。

「そういえば人によって効き方が違うって和成様も言ってました。あの薬、暁生さんの体質によっぽどよく合ってるんですね。と言うより暁生さんのために作られた薬だったってことですか。ずっと謎だったんですよ、どうしてアルファの学士様がオメガのための薬なんて作ってるのか。暁生さん、大事にされてるんですねぇ」

忍び笑いする雪彦を見上げ、暁生は力ない笑みを返す。

和成が薬の研究に没頭しているのは自分のためではなく亡き母のためだ。勘違いを訂正しようとしたが、雪彦が声を上げる方が早い。

「この部屋だって暁生さんが帰ってくるまでずっと空けてあったんですよ。いつか絶対この部屋の主人は帰ってくるからって。だから僕が和成様の寝室で寝て、和成様は書斎の隅に窮屈そうに丸まって寝てたんです」

知らなかった。半年もの間、そんなふうに和成は自分の帰りを待ってくれていたのか。

じんわりと潤んだ目を瞬きでごまかしていたら、雪彦が思いもかけないことを言った。

「今も和成様、ずっと土間で待機してるんですよ。部屋の中に入ると暁生さんの体調が悪化するからって」

「そんな、だったらせめて母屋に行けばいいのに」

「ここを離れたくないんでしょう。母屋から誰が来るかもわかりませんしね。上がり框に無理やり布団敷いて寝てます」

「そんな無茶な……！　雪彦君、お願いだから今すぐやめさせてくれないか」

「僕も何度も止めたんですけど聞く耳を持ってくれませんでした。代わりに暁生さんに伝言を預かってますよ。『俺の匂いがして辛いだろうが耐えてくれ』だそうです」

そこまで自分を気遣ってくれる必要などないのに。耐えきれず布団から起き上がろうとするが、「駄目ですよ、無理しちゃ」と雪彦に肩を押さえ込まれてしまった。

ヒート中とはいえこんな細腕にあっさり組み伏せられてしまうのかと愕然としていると「続きがあります」と雪彦に真顔で言われた。

「『薬効については後でまとめて教えてほしい』だそうです。できるだけ詳しく、なんて言ってましたけど、ひどいですよね。こっちはヒートで苦しんでるのに」

憤慨した様子の雪彦を見上げ、暁生は体の力を抜く。相変わらずの言い草にむしろ安心して「あの人らしいよ」と微かに笑ってしまった。

「それならきちんと症状の変化を覚えておかないと。こんなことなら逐一雪彦君に伝えておけば良かったな。うっかりした。初日はどうだったっけ。熱はひどかったね。何時間くらい続いた？　俺自身の証言より、そばについてくれていた雪彦君にいろいろ教えてもらう方が正確かな……」

「なんだ、お二人とも似た者夫婦だったんですね」

心配して損しました、と唇を尖らせた雪彦を見て、暁生は小さく声を立てて笑う。笑ったら、少しだけ呼吸が楽になった。

かつてなく重かったヒートの症状は、確実に収まりつつあるようだ。


屋敷に戻ってから五日が経った朝、長く体の内側でこもっていた熱がようやく引いた。倦怠感も失せ、すっきりと身が軽い。

すぐに床を上げようとしたが「まだ五日目ですよ、無理しない方がいいです」と雪彦に窘《たしな》められ、朝はこれまで通り自室で食事を済ませた。その後再び布団に戻ったが、やはりもうどこも悪くない。

まだ五日、と雪彦は言うが、おそらく初日のヒートは薬で抑えられていたのだろう。今日は実質六日目で、薬のおかげかもうなんの症状も感じない。

具合が悪いわけでもないのにじっとしているのは性に合わず、暁生はさっさと布団を上げると寝巻きから普段着に着替えて部屋を出た。

廊下の奥に視線を向けると、土間に和成の姿があった。足元に新聞紙を広げ、こちらに背を向けしゃがみ込んでいる。また珍しい草花でも採ってきたのかもしれない。

音もなく廊下を進み、上がり口から「和成さん」と声をかける。

和成はぎょっとしたように振り返ると、暁生を見て慌てて立ち上がった。

「暁生……！　も、もういいのか？」

言いながら和成はじりじりと後ずさりをして暁生と距離を取ろうとする。不自然な態度を怪訝に思い、「どうしました」と声をかけると、言いにくそうに口ごもられた。

「お前からまったく匂いがしないから、ヒートの終わりがよくわからないんだ。前は匂いが濃くなったり薄くなったりしたからある程度判断がついたんだが……」

つがいを持ったオメガのフェロモンは、つがいのアルファにしか感じ取れない。それくらい暁生も知っているつもりだったが、いざ和成から自分の匂いがわからないと言われると軽い衝撃を受けた。

（もう本当に……俺は別の誰かのつがいになってしまったんだな）

改めてその事実を自覚すると胸が重く湿っていくようだったが、暗い気持ちを押し隠し、暁生は極力明るい声を出した。

「そういえば、雪彦君はどうしたんです？」

和成はまだ少し暁生の様子を窺う表情で「母屋だ」と答える。

「普段からよくあちらに顔を出してる。俺は大学に行ってることが多いし、離れで一人で過ごすのも暇だったんだろう。お前が以前よく母屋で仕事を手伝っていたと伝えたら、雪彦も足しげく通うようになった」

「あちらはいつも人手不足ですしね」

「お前も戻ってきてくれたし、雪彦には今後母屋で働いてもらおうと思ってる。ヒートの間はこちらで面倒を見ればいい」

母屋の使用人たちはオメガに対する偏見がほとんどない。雪彦があちらで働くことになっても居心地の悪い思いをすることはないだろう。現にこうして暇を見ては母屋に足を向けているくらいだ。

「だが、そうなるとお前はここで俺と二人きりになるわけだが……大丈夫か？」

「もちろん、大丈夫ですよ。和成さんこそヒート中はずっと土間で寝起きしていたんですよね？　そんなことしないできちんと家に上がってくださ い」

和成は相変わらず土間の隅に立ったまま、しかめっ面で頭を掻いた。

「近づくと俺の匂いが伝わってしまうだろう」

「でしたら母屋に行くとか……」

「お前のそばを離れたくない」

つがいのいない状態でヒートを過ごすオメガがどれほど苦しむのか、亡き母を見てきた和成は知っている。だからせめて自分だけでもそばにいようとしてくれているのだろうが、その目の下には濃い隈が浮いている。きちんと休めていない証拠だ。

和成に無理をさせていると思うと申し訳なく、暁生は目を伏せた。

「すみません……せめて俺のヒートがもう少し軽ければ」

「いい。そういう第二性の弊害にも屈しないと約束して結婚したんだ。それよりも、ヒートの症状を隠すような真似だけはしないでくれ」

暁生が目を上げるのを待って、和成は真剣な顔で言う。

「苦しいときは苦しいとそう言ってくれ。夫婦だろう」

その言葉を、暁生は胸の中でしっかりと反芻する。以前はそれが伝えられず、一人で家を飛び出すという強硬手段に出てしまった。

この先一生和成のつがいになれない負い目はある。迷惑をかけてしまうと思えば心苦しくもあるが、それを承知で差し伸べられた手を取ったのだ。

もう同じ過ちは繰り返すまいとしっかり頷けば、和成の顔に安堵の表情が浮かんだ。しかし相変わらず土間の隅に立ったままで、こちらに近づいてこようとしない。

身動きが取れずにいる和成を見た暁生は、自ら土間に下りると草履をつっかけて和成に歩み寄った。慌てたように後ずさりされたが、構わず距離を詰めてその前に立つ。

緊張した面持ちの和成を見上げ、暁生は微笑んで口を開いた。

「ありがとうございます」

浅はかな行動に出た暁生を責めるでなく、こうしてもう一度受け入れてくれたのだ。言葉だけでは感謝の気持ちを伝えきれず、暁生はそっと和成の手を取った。

和成が身を固くする。自ら手を伸ばした暁生もまた背筋を強張らせた。

体臭に混じるごくわずかな甘い匂いに緊張する。無理やり高い所に立たされたときのように心臓が忙しなく脈打って指先も冷たくなったが、それでも暁生はしっかりと和成の手を握り直した。

「だ……大丈夫なのか？」

うろたえて暁生の手を握り返すこともできずにいる和成に、暁生は束の間沈黙してから頷き返した。

「緊張はしますが、大丈夫です。長屋で対面したときよりはずっと落ち着いてます。つがいでないアルファの匂いに強い忌避感を感じるのはヒート中だけで、普段はそこまでではないのかもしれません」

「そういうもの、か……？」

「もちろんすっかり何も感じないわけじゃありません。ヒート中よりましという程度で、今も気を抜くと腰が引けそうにはなります。膝も笑っていますが、逃げ出すほどではありません。こうして目を合わせることもできます」

和成を見上げ、薬の効能を伝えるときのようになるべく詳しく自分の状態を言葉にする。

それに伴い、和成の表情にも落ち着きが戻ってきた。

「匂い自体が不快なわけではないのか？　匂い方は？　今までと違うのか？」

「甘く感じるのはそのままです。でも、なんというか、嗅いでいると不安になるんです。同じ匂いのはずなんですが、感じ方ががらりと変わってしまった感覚です。昔は好きだった食べ物が急に苦手になってしまうような……」

「妊婦にもそういうことが起こるというな。似たような現象が生じているんだろうか」

和成は無意識のように暁生の手を握ったり指先で撫でたりしてくる。くすぐったいような心許ないような感覚に身をよじると、慌てて和成が指先の力を緩めた。

「大丈夫ですよ、くすぐったかっただけですから」

「本当か？」

「本当です。あまり心配しないでください。俺も少しほっとしているくらいなんです。これなら貴方と暮らすのに支障はなさそうなので」

「無理は……」

「してません」と即答すると、和成の肩から目に見えて力が抜けた。

「だったら、ヒートでないときはこれまで通り俺と過ごしてくれるか？　一緒に食事をしたり、資料の整理を頼んだり」

「もちろんです。早速ヒート中の症状と薬効について報告させてください」

手をつないだまま茶の間に向かって歩き出せば、和成も柔らかな力で暁生の手を握り返してきた。

「そうだな。忘れないうちによろしく頼む」

隣に並んだ和成が子供のように嬉しそうに笑うので、つられて暁生も笑みをこぼす。

こうして笑い合ってみても、すべてがこれまで通りにはいかないだろうし、何気ない生活の裏にはお互い多大な努力が必要になることだろう。

それでも決してこの手は放すまい。

遠慮がちに手をつないでくる和成の掌を、暁生は力いっぱい握り返した。

＊＊＊

ヒートが終わり、半年ぶりに和成との二人暮らしが再開された。

雪彦は母屋で使用人として働くことになり、住み込みで働く他の使用人たちと一緒に使用人部屋に寝泊まりするようになった。離れには滅多に顔を出さなくなったものの、暁生が母屋の手伝いに行けば人懐っこい笑顔で駆け寄ってきてくれる。

母屋の人たちも雪彦を可愛がっているようだ。雪彦がオメガと知っても特に態度を変えようとしない。

そして半年もの間屋敷から姿を消していた暁生に対しても、使用人たちは取り立てて態度を変えなかった。この半年間どこにいたのかと詮索することもない。

後に雪彦が教えてくれたのだが、使用人たちは和成の母親が今わの際にどれだけ悲惨な状況だったか知っていて、オメガに対して同情的な者が多いらしい。何があったか知らないが、戻ってきたのなら心の整理もついたのだろうと穏やかに受け入れてくれてありがたかった。

「僕がこうして働けるのも和成様のお薬のおかげです。薬がなければ使用人部屋で他の皆さんと寝泊まりすることなんてできません。いつヒートを起こして周りに襲い掛かるかわかりませんから。そんな姿を一度でも見せてしまったら、さすがに同じ場所で働き続けることなんてできませんし」

暁生とともに母屋で洗濯物など干しながら、「それに比べたら今は高熱を出してうなされるだけなんですから気楽なもんですよ」と雪彦は笑う。

「オメガの僕でも母屋で働けるよう口添えまでしてくださった和成様には本当に感謝してます。もちろん暁生さんにも」

「俺？　俺は和成さんみたいに強力な口添えもできなかったはずだけど……」

「いえいえ、強力な後押しですよ。だって使用人の皆さん、暁生さんを見て『オメガの中にも働き者がいるんだな』って認識を改めたらしいですから」

使用人たちは軒並みオメガに同情的だが、たおやかで儚げなその風情を間近で見ているだけに、オメガは美しいばかりで脆《もろ》いものだと長らく思い込んでいたらしい。

現在母屋に住んでいる義姉もオメガだが、やはりヒートが重いそうで寝つくことが多く、力仕事はもちろん家事の類も任せられない。白魚のようなその手は、ただアルファの肩を撫でるためだけにある。

そんなことを思っていたところに現れたのが、筋肉質で上背のある暁生である。儚いどころか率先して力仕事を引き受け、誰よりきびきびと働くその姿を見て、オメガにもいろいろな者がいるようだ、と思うに至ったそうだ。

「暁生さんがオメガでも働けるって前例を作ってくれたおかげで僕も母屋で働けるようになったんです。ありがとうございました」

風に翻《ひるがえ》る洗濯物を取り込みながら、雪彦は白い歯をこぼして笑う。

前例という言葉に、結婚前に和成が口にしていた言葉をふと思い出した。

『オメガとアルファを無理やり結婚させても子供を産むとは限らない。そういう前例を作ってやろう』

周囲の思惑通りには動いてやるまい。そんな反発心から出た言葉だ。自分たちが悪しき前例を作ってやる。二人してそう息巻いて。

（こういう前例の作り方もあるのか……）

オメガだって働ける。その事実が世に広まればアルファと結婚する以外の活路も出てくるかもしれない。世間の偏見が減れば生き方の選択肢だって広がるだろう。アルファとオメガの偏見を解く方法は、一本道ではなく様々に枝分かれしている。そんな可能性が初めて胸を過った。

とはいえ、すべてがいい方向に動いていくとも限らない。半年もの間姿を消していたのだから、親族たちは暁生に対し非難囂々《ひなんごうごう》だろう。どれだけ責められるかと覚悟していたが、家に戻ってしばらく経っても親族たちが暁生を責め立てに長屋へ押しかけてくる様子がない。不思議に思っていると、和成にあっさりと言い放たれた。

「あいつらならもうとっくにここに押しかけてきてるぞ。お前がこの屋敷からいなくなってすぐ、『今すぐ離縁して新しいオメガとつがえ』と親戚中から迫られたからな」

日曜の昼下がり、茶の間で繕い物をしていた暁生はうっかり針を取り落としかける。その手元にあるのはボタンの取れかけた黒のチョーカーだ。

和成のもとに戻ってから、暁生は常にチョーカーをつけるようになった。

以前は項に歯形がついていないことが周囲にばれぬようチョーカーをつけていたが、今は一緒に生活している和成の目から噛み痕を隠すために使っている。見られたからと言って何を言われるわけでもないが、背後で和成が気遣わしげに眉を寄せているのがわかってしまって申し訳なかった。

目を丸くする暁生を尻目に、和成はちゃぶ台の上に広げていた本から目を上げることもなく淡々と続ける。

「断固拒否したがな。別れないなら大学を辞めさせるぞと脅されたが、構わないと答えた。暁生や雪彦のおかげで臨床実験もできたし、この結果を携えていけば製薬会社に就職することも夢じゃない。大学を辞めるのであればすぐにでも家を出ると伝えたら二度と同じ話は蒸し返されなくなった。それだけ俺をこの家から出したくないんだろう」

アルファの孫を得るまでどうあっても和成をこの家に縛りつけておくつもりらしい。

（そうなると、俺みたいな年増のオメガとは一緒にいさせたくないだろうなぁ）

他のアルファのつがいになってしまった以上和成との性交は不可能だ。そうでなくとも年齢的に暁生が子供を産むのはかなり難しくなっている。和成と出会ってからすでに三つも年を跨《また》ぎ、暁生は今年で二十九歳だ。

和成のいない間に無理にでも親族たちから追い出されてしまうのではないか、などと考えていたら、それまで書物に視線を落としていた和成が面を上げた。

「念のため言っておくが、もしお前の身に何かあったらそのときはこの家を出ていくとも言ってある。だから父や親族から嫌がらせの類はないはずだが、万が一俺がいない間に何かあったらすぐに言ってくれ。対処する」

「対処というと……？」

「ここを出ていく。心配するな、もう大学の教授に話をつけてある。俺の研究を面白がってくださって、もし大学を退学することになったら書生として家に置いてくださるそうだ。もちろんお前のことも話してある。大事な伴侶であり何にも代えがたい被検体だと伝えたら『君は血も涙もないね』と言われた。お前を大層不憫がって、夫婦ともども面倒を見てくださるそうだ」

そこまで話が進んでいるのかと驚嘆した。これは本当に、暁生に何かあったら家を出るのも辞さない覚悟だ。この調子で徳則や親族の言葉を撥ねつけたのかと思ったら、その場に立ち会えなかったのが惜しいくらいだ。

「徳則様もそれで納得してくださったんですか？」

「納得はしていないだろうが、俺を手離さないためには黙っているしかないんだろう。あちらが手をこまねいているうちにこの家を出ていく算段をつけておこう」

「結局出ていくんですか？　徳則様の不興を買うのでは……」

「知ったことか」

あっさりと言い捨てられ、感嘆の溜息をついてしまった。「どうした」と不思議そうな顔を向けられ、溜息交じりに口を開く。

「いえ、前に和成さんと徳則様がお話をしていた姿を思い出してしまって」

母屋の庭先で二人が話している様子を庭木の陰から見ていたあのとき、和成は徳則に対してどこか委縮しているように見えた。それが随分な変わりようだ。

そう伝えると、和成におかしそうに笑われた。

「お前以上に大事なものなんてないからな。父親の機嫌なんて構っていられるか」

無邪気な笑顔でとんでもないことを言われてしまって絶句した。赤くなっていく顔に気づかれないよう俯いて「そうですか……」と答えるのが精いっぱいだ。

暁生をこの家に連れ戻してから、和成は暁生にかける言葉を惜しまなくなった。しかもそのどれもこれもが甘い。しどろもどろになる暁生を見て、「直接触れられない分、想いを言葉にするしかないだろう」などとけろりとした顔で言う。

「べ、別に、触れられないわけではないでしょう……」

暁生が離れに戻ってからすでに半年が経っている。その間にわかったことは、つがいでないアルファの匂いに過剰反応してしまうのはヒート前後だけらしいということだ。

さらに、つがい以外のアルファの匂いにもある程度は慣れることもわかってきた。

和成との二人暮らしを再開した当初こそ、背後で和成が身じろぎするたび体をびくつかせてしまったが、今はそういうこともない。暁生が和成の匂いに慣れたこともあるが、何より和成が暁生の前では急に動かない、黙って背後に立たないということを徹底してくれているおかげもある。

今も和成はちゃぶ台の向こうに座る暁生に目を向け、互いの視線が合うのを待ってからゆっくりと本を閉じる。

「触れてもいいか?」

突然触れては暁生を怯えさせると知っているので、事前にこうして尋ねてもくれる。ありがたい反面、いつものことながら頷くときは羞恥で身もだえそうだ。裁縫道具を脇に寄せた暁生は膝の上で固く拳を握り、はい、と消え入るような声で答える。

和成は衣擦れの音すら潜めてちゃぶ台を回り込み、暁生の隣に腰を下ろしていったん動きを止める。暁生の体が震えていないのを確認して、もう一度「触れるぞ」と声をかけてから、膝の上に置かれた暁生の拳に手を重ねた。

これだけしてもらっても肌が触れる瞬間は緊張する。暗がりで突然後ろから誰かに腕を摑まれたような、得体のしれない恐怖が体の芯を走り抜けるのだけは抑えようがない。

離れに戻って間もない頃、近くにいた方が早く慣れるかもしれないからと無理に和成との距離を詰めて過ごしていたことがある。触れてほしいとこちらから頼み込んで手をつないだり、肩を寄せたりしたこともあったが、やはり体の震えは隠せなかった。

そんな暁生に和成は「嫌だったら俺を突き飛ばしてくれ」と言った。

「手を振り払っても、爪を立ててくれても構わない。そうやって俺を拒絶しても、決して俺がお前に危害を与えないことをわかってくれ」

そして暁生の焦りを見越したように「時間をかけて慣れてくれればいい」とも言ってくれ

た。添い遂げるなら時間はたっぷりあるだろう、と。

和成がそうやって気長に構えていてくれたおかげで、今は暁生も身を震わせることなく和成に寄り添うことができる。

「……また一緒に、山に行きませんか」

和成の手の下の拳をゆっくりと緩めながら暁生は言う。

この半年間、和成は家と大学を往復するばかりで実地調査に出ていない。自分を気遣い、なるべく家を空けないようにしてくれているのだろう。

和成は暁生の手に手を重ねたまま「行ってくれるのか?」と微かに笑う。

「この時期はやぶ蚊とブヨがひどいぞ」

「だったら秋口でも構いません。俺は山菜でも採っていますから」

「せっかく採っても半分は俺が標本にしてしまうがいいのか」

「駄目ですよ、食べるために採るんです」

益体もない会話をしているうちに、ゆるゆると体から力が抜けてきた。

もう少しだけ、と暁生は自ら和成の指に指を絡ませる。

焦らなくていい、と和成は言ってくれたが、暁生はもう少し和成に触れられるようになりたかった。対する和成は触れ合うことに関してかなり慎重だ。難色を示されるだろうかとその顔色を窺う。

和成は真剣な顔で暁生の顔を見詰め返し、ふっと目元を和らげた。

「いいのか？」

こちらの意図を汲んだように指先をしっかりと握り返され、暁生は小さく息を漏らす。拒絶されなかったことに安堵して、和成の手の甲を指先で撫でた。

くすぐったかったのか和成が声もなく笑う。同じように手の甲を撫で返されて暁生も肩を竦めた。無意識に逃げようとした手をそっと握られ、それだけで心臓が跳ねた。

「……ん」

親指が手の内側に滑り込んできた。手の甲よりも敏感な掌に指を這わされ、思わず喉を鳴らしてしまった。そんな自分の反応が恥ずかしくて目を伏せる。

和成の親指は掌からゆっくりと袖口に移動して、手首に浮いた骨をそろりと撫でる。服の下とも言えない場所を撫でられただけなのにひどく緊張して目を上げれば、まっすぐこちらを見る和成と目が合った。暁生のどんな反応も見逃すまいと言うような熱っぽい目に息が止まりそうになる。

指先でするすると肌の上を辿られ、は、と短い息が漏れた。ただ手をつないでいるだけなのに、どうしてこんなに心臓が高鳴るのだろう。和成を背中に担いだりその胸に凭れたり、もっと体を近づけたこともあるのに、こんなふうにしっとりと全身が汗ばんでいくような感覚は初めてだ。

「あ……の、和成さ……ぁっ」

強く手を握りしめられて声が跳ねる。指の股を刺激するように互いの指のつけ根が絡まり合って、触れられてもいない背筋に痺れが走った。熱い掌や指先の強さから和成の興奮が伝わってきて、その熱に引きずられるように暁生の体も熱くなった。

はっとしたように和成が指先を緩める。「すまん」と言いながら手を離そうとするので、慌てて握り返して引き止めた。

「いえ、俺こそ……へ、変な声を出してしまって」

きっと今、自分の顔はひどく赤くなっている。和成も頬を上気させ、それを隠すように空いている方の手で頬を拭った。

「本当に、すまん。つい……お前に触れているんだと思ったら、夢中になった」

和成の顔にわずかな罪悪感が滲んだのを見て、暁生は大きく首を横に振った。

「お、俺は嬉しかったです！」

こうして和成に触れられるのも、触れてもらえるのも。夢中になってもらえたのも。

他人に対してこんなふうに思うのは初めてで、自分でも驚いた。これまではヒート中に寝所へ忍んでくる夫にさえ、触れてほしいと思ったことなど一度もなかったのに。

(——……もっとこの人に触れたい)

胸の辺りを中心に、体の内側がじわりと熱くなる。ヒートの兆候にも似ているが、少し違う。息苦しいけれど不快ではない。高揚に似た気分だ。

　暁生の言葉に和成は軽く目を瞠り、強張らせていた顔を笑みで崩した。

「よかった。夢中になりすぎて嫌われたかと思った」

　心底安堵した顔で笑う和成を見て、そんなことあるわけもないのにと暁生も目尻を下げる。そっと和成の手を握りしめれば、和成もゆったりと指先に力を込めて手を握り返してくれた。抱き合うよりも些細な接触だが、これだけで今の暁生には精いっぱいだ。

　この家に嫁いできた当初は、もっと気楽に和成に触れられた。けれど緊張しながら指を絡ませるだけの今の方がずっと、夫婦として甘やかな時間を過ごせているような気がした。


　そうこうしているうちにあっという間に季節は巡り、暁生が宇津木家に戻ってから丸一年が経過した。

　春を迎えれば和成もいよいよ大学の最終学年を迎える。卒業を前に和成はますます勉学に励み、暁生も以前と同じく助手のごとく和成の研究作業を手伝った。

　六月の梅雨入り前には、和成と久しぶりに山に入った。入山前はあれこれ暁生を気遣っていた和成だが、山に分け入った途端視線はたちまち足元の草花やキノコ、ふいに目の前を横切る羽虫などに振り回されて、まるでこちらを見なくなる。変わらぬ姿に笑みを漏らしつつ、暁生も和成の後を追いかけた。

一点以前と違うのは、他のものに気を取られつつも、背後から暁生がついてくるか必ず和成が確認してくることだ。山で一夜を明かしたときも暁生が眠っている間に姿を消すようなことはなく、それどころか一睡もせずに眠る暁生を眺めていたらしい。

「俺の傍らで安心して眠る姿を見たら、胸がいっぱいになって眠れなくなった」などと笑みを浮かべて言われたときは顔から火が出るかと思った。

和成が暁生の寝顔を見る機会はほとんどない。項を噛まれてから暁生はすっかりアルファの匂いに敏感になって、ヒート中でないときでさえ就寝中に和成が寝室に近づけば目を覚ましてしまう。

けれど山の中は土と草の匂いで満ち、風が和成の匂いを吹き飛ばしてくれたおかげもあってぐっすり眠ってしまったようだ。寝顔をじっくりと眺められるなんて恥ずかしかったが、和成があまりにも嬉しそうな顔をしていたので何も言えなかった。

「そういえば、卒業前に提出する論文の進捗はいかがですか？」

山から下り、採ってきた植物や昆虫、暁生から見れば土の塊にしか見えないようなものを土間に広げる作業を終え、ようやく人心地ついた気分で和成に尋ねる。

夕食後も作業を続けていたので時刻はもう真夜中だ。暁生とともに茶の間に戻った和成は「順調だ」と答えたものの、その表情は芳しくない。

「教授は面白がってくれたが、あまりにも臨床例が少ないからな。級友の中には、身内を使ってありもしない薬効を証言させているのではないか、と疑う輩もいる」

ひどい言いがかりに暁生は眉を吊り上げるが「被験者が少ないのは事実だ」と和成は気にした様子もない。

「学校の人たちは和成さんの研究をどう思ってるんですか？　こんな偉業を成し遂げようとしているのに、尊敬してくれる人はいないんですか」

「いないな。オメガの薬なんて作って何になる、とせせら笑ってくる奴らばかりだ」

「言われっぱなしですか……！」

「まさか」

和成は肩を竦めると、向かいに座る暁生をまっすぐに見て言った。

「オメガのためなのは間違いないが、正確には亡き母と最愛の伴侶のためだと答えて黙らせた」

何事かまくし立ててやろうと開いていた口を、暁生は中途半端に閉じる。

「さ、最愛、ですか……」

ちゃぶ台に肘をついた和成が「事実だろう」と猫のように目を細めて笑う。

例によって惜しげなく降ってくる言葉に胸をかき乱されて頬が熱くなった。和成の顔を見られず、俯いてぼそぼそと尋ねた。

「最愛なんて言われた周りの人たちはどういう反応をするんです？」

「ほとんどは黙り込んですごすごと引き下がる。中には『家族のために結果を出せるなんてさすがアルファ様ですね』なんて嫌味を言ってくる奴もいるが、そういう輩には『すべてのアルファに俺と同じことができると思うな』と言ってある」

和成に飄々と言い返され、憮然とした表情を浮かべる相手の顔が目に浮かぶようで思わず笑ってしまった。

「その通りですよ。アルファだからってみんな和成さんのようにはいきません。徳則様だってできなかったことですからね」

「ん？」と和成は眉を上げる。製薬の研究に関する話をしているとでも思ったのだろう。畑が違うぞ、と苦笑した和成に、暁生は首を横に振ってみせた。

「和成さんは学業も俺のことも疎かにしないでくれているじゃないですか。どんなに研究に没頭していても、試験が近くても、ヒートが近づけば必ずここにいてくれて、どんなに心強いかわかりません。徳則様は仕事しか抱えきれずお母様を蔑ろにしたそうですが、和成さんは学業も家庭もどちらも切り捨てずに両立してるんですから、とっくに徳則様を超えていますよ」

思いもよらぬ言葉だったのだろう。和成はぽかんとした顔で暁生の言葉に耳を傾けていたが、ややあってから両手を体の後ろにつき脱力したように天井を見上げた。

「……あれほど父を意識していたときは父を超えることなんて絶対に無理だと思っていたのに、どうでもよくなった途端にこれか」

顎を上げたまま小さく笑い、再び暁生に視線を向ける。

「人間、大事なものができると変わるものだな」

慈しむような視線に胸の奥が温かくなった。同時に、ちゃぶ台を挟んだ距離をもどかしく思う。

触れられないのが寂しい。こんなにそばにいるのに恋しい。ヒートもフェロモンも関係なく、四六時中こんなことばかり考えてしまう。

和成から視線を逸らし、暁生も小さく笑った。

「俺は最近、貴方のそばを離れてよかったのかもしれないと思うようになりました。おかげでフェロモンに関係なく貴方に恋をしたことが明確になりましたから」

「そうか。俺はお前の項を噛んだ輩のことを思うと腸《はらわた》がよじれそうだが」

そう返した和成の表情も声も穏やかだったが、瞬きの瞬間その目の奥が昏く翳った気がしてどきりとした。一瞬見えた翳りには名も知らぬアルファに対する怒りばかりでなく、暁生に対するほの暗い独占欲も含まれていなかったか。

「……そう言ってもらえると、嬉しいです」

気づけば本音をこぼしていた。和成が自分をつがいにできなかったことを惜しんでくれているのなら、こんなに嬉しいことはない。

暁生の真意を探っているのか、和成はじっと暁生の顔を見詰めて口を開く。

「項の様子を見てもいいか？」

軽く手招きされて心臓が跳ねた。つがい以外のアルファに近づくのは緊張を強いられることだが、あそこにいるのは和成だ。オメガの本能を抑え込んで立ち上がった。

和成の隣に膝をつき、チョーカーのボタンを外して背を向ける。

「触れるぞ」

短く宣言してから和成が暁生の肩に触れる。暁生の肩が強ばったことに気づいただろうが言及はせず、ゆっくりと着物の襟に指をかけた。

首筋に視線が注がれるのを感じ、ごくりと唾を飲んだ。相手が和成だとわかっていても、急所をさらしているようで緊張する。

「まだ膿《う》んではいないようだな」

「……梅雨入り前ですからね」

声が震えないよう、腹に力を入れて答えた。

自分では見えないが、暁生の項には火傷《やけど》の痕のような歯形が残っているらしい。

去年の夏は噛み痕が急にぐずぐずと熱を持ち始め、最後はひどく膿んでしまった。秋になってようやく傷口が落ち着き、冬になる頃にはケロイド状になった。

項の噛み痕はこうやって季節ごとに浮かび上がり、一生消えることなくオメガの肌に残り続けるものらしい。おそらく今年の夏もひどく膿むのだろう。

俯いていたら、項にそっと和成の指先が触れた。さすがに驚いて小さく喉を鳴らせば、さっと和成の手が離れる。

「すまん、触りすぎたな」

和成が身を引く気配がして唇を噛む。こんな些細な接触で過剰に反応してしまう自分の体が憎い。すぐに離れてしまう和成ももどかしい。こちらを気遣ってくれているのは痛いほどわかっているが、触れてほしいと思ってしまう。こんなふうに切望しているのは自分だけかと思うと不安にもなる。

暁生は振り返ると、今まさに手を退けようとしている和成の腕を摑んで引き留めた。和成の顔を見ることもできず、俯いて消え入るような声で言う。

「あの、もう少し……大丈夫なので」

触れていてほしい、と言外に告げてみた。

何を馬鹿なことをと呆れられるかもしれない。身を固くして俯いていると、和成の腕を摑む手にそっと手が重ねられた。

「……嫌じゃないのか？」

窺うような声音で尋ねられた暁生は、思いきって互いの膝がぶつかる距離までにじり寄り、はい、と頷いた。

「無理しなくても」

「してません」と暁生は言下に否定する。

「つい先日ヒートも終わったばかりなので、今が一番和成さんの匂いに対する警戒心が薄れているはずなんです。ですから、その……」

触れたいと、そう思っているのは自分ばかりなのだろうか。

自分一人空回っている気がしてきて、暁生は俯いたまま指先からそっと力を抜いた。

「……すみません。フェロモンも感じないのに、俺みたいな三十路《みそじ》の男に触れたいなんて、思うわけありませんよね」

無理やり笑って手を引っ込めようとすると、その手を強く摑まれた。

「いいのか」

和成の声が低い。こちらを見る和成の目も真剣そのもので、気圧されて息を呑んだ。

暁生が体を強張らせたらいつだってすぐに手を引いてくれていた和成が、今日ばかりは逃がすまいと言いたげに暁生の手を強く握りしめてくる。

「許されるなら、お前に触れたい。本当にいいのか？」

和成の声に必死さが滲む。触れたいと思っているのは自分ばかりではなかったのだとわかったら胸が熱くなって、暁生は顔を赤らめて頷いた。

暁生の手を摑んでいた和成の手がゆっくりと腕を上り、肩に触れ、そっと頬に指を添えられる。指の背で輪郭をなぞられ、暁生は小さく息を吐いた。

「無理だと思ったらすぐに言ってくれ」

和成の顔が近づいてきて、今更ながらその整った顔立ちに息を呑んだ。掠れた声で「はい」と答えればすぐに大きな掌で頬を包まれる。

和成はますます暁生に顔を近づけると、感極まったような表情で目を眇《すが》めた。

「好いた相手だぞ。触れたいに決まってるだろう。でも俺の欲をぶつけて、お前の体に負担をかけるような真似はしたくなかった」

掌から和成の体温が伝わってきて、鼓動が見る間に高鳴っていく。親指の腹で愛おしげに目の下や鼻筋を撫でられて息が止まりそうだ。無理やり息を吐けば、熱っぽい溜息を漏らしたような息遣いになってしまった。

和成は目を伏せると、暁生の頬に掠めるように唇を触れさせる。

かつてなく和成が近い。互いの吐息が混じってしまいそうだ。甘い香りが鼻先を過って体が強ばったが、ヒートが終わった直後だからか忌避感はない。

これは和成の匂いだ。つがいではないが何より大切な人だ。自分の体にそれを教え込むように、胸いっぱいに甘い匂いを吸い込んだ。

「……大丈夫そうか？」

囁くような声に頷き返せば、頬に触れていた手がゆっくりと首筋に移動する。

「脈がすごいことになってるぞ」

「それは……和成さんに触れられているから、です」

錯覚でもいいからそうだと思いたかった。オメガの本能がつがい以外のアルファに怯えているのではない、恋い焦がれた相手に触れられて高揚しているのだ。

和成はどこか眩しそうに目を細め、暁生の首に浮き出た筋をゆっくりと撫で下ろす。まだ大丈夫か、というように見詰められ、頷き返すと指先が暁生の着物の襟に触れた。

指先で鎖骨をなぞられて息が上がる。怖くはない。ずっとこうして和成に触れてほしかった。その切実な願いが叶って体が熱くなる。

暁生の反応を見ながら、和成はさらに暁生の襟を開いて掌で胸に触れる。ひたりと押しつけられた掌は驚くほど熱くて、「あ」と声が漏れてしまった。

和成の体温が肌にしみ込んできて、体が微かに震えだす。興奮しているからか、怯えているからか自分でも判断がつかない。けれど暁生の震えに気づいた和成が身を引こうとするのに気づくや、その手を摑んで引き留めていた。

「も……もう少し……」

自らこんなことをねだるなんて、羞恥で胸が焼け焦げそうだ。けれどこんなふうに遠慮ばかりされていては一向に触れ合うことなどできない。少しずつ和成の匂いに慣れてきているのは事実なのだから、もう一歩踏み込んで触れ合いたい。

すぐそばで、和成がごくりと唾を飲む音がやけに大きく聞こえた。

再び胸に掌が触れ、ゆっくりと撫で下ろされる。胸の突起に指先が触れ、んぅ、と小さな声が出てしまって慌てて唇を噛んだ。

「……暁生？」

こちらを見下ろす和成の息が荒い。互いの距離が近づいて、むせるほど濃い匂いに包まれる。匂いはこんなに甘いのに息が苦しい。肩で息をしながら和成の胸に縋りついた。

「あ……ぁ……っ」

指先が胸の尖りを掠め、和成のシャツを握りしめて小さく喘ぐ。

暁生が突き飛ばしてこないことに背を押されたのか、和成がさらに手を移動させて暁生の腰を抱き寄せてきた。互いの胸が触れ合い、体が密着して、和成が小さく息を呑む気配がした。

腰に回されていた手が腿へと移動し、着物の上から控えめに下肢に触れられる。

瞬間、ドッと心臓が脈打った。触れられて初めて自分自身が兆していることに気づく。

全身に震えが走る。体が熱い。この反応は恐怖ではなく興奮なのか。緩く勃ちあがったものを着物の上から撫でられて背筋が反り返った。

「……触れても?」

着物の上から形を辿るようにゆっくりと撫で下ろされ、暁生は声もなく頷く。指先で与えられる快感より、ぎらぎらとした和成の顔にすっかり心を奪われて抗えなかった。

もっと触れてほしい。欲しがってほしい。

相手は自分のつがいではないのに。体は逃げを打っているのに。

着物の裾をかき分けた指が下穿きの上から暁生の屹立に触れ、唇が戦慄いた。急所に触れられる恐怖と、頭から食らいつくされそうな欲望をちらつかせる和成の目と、すぐそばから漂ってくる甘い匂いに全身を絡めとられて動けない。

「あ……ぁ……っ」

恐怖と興奮に交互に呑まれて混乱する。それでいて、下穿き越しに刺激されれば疼くような快感が確かに生まれる。食い入るような表情でこちらを見ている和成と視線を合わせていると頭の芯がとろりと蕩けるようだ。和成から目を逸らすことすらできない。

和成の顔がゆっくりと近づいてくる。思わず目をつぶれば、柔らかく唇を重ねられた。

初めて和成と唇を合わせた。夫婦になってもう二年以上経っているのに。

歓喜で胸が詰まる。喘ぐように息を吐いたらまた唇が重なった。今度は軽く吸い上げられて体が震え上がる。

「あ……、は……っ」

唇を軽く舐められ、薄皮に痺れが走った。緩く開いた唇にそっと舌先を差し込まれ、互いの舌が微かに触れた瞬間、暁生の体が大きく痙攣した。

ずっと早鐘を打っていた心臓が、天井を取り払われたように鼓動を速めて本当に息ができなくなってしまった。ぐらりと傾いた体を慌てて和成が抱き留めてくれる。

「暁生！　すまん、やりすぎた！　さ、触っていて大丈夫か？　寝かせるか？」

ひどく遠慮がちに背中を撫でられ、暁生は咳き込むように息を吐いた。

「……大丈夫、です」

「とてもそうは見えないぞ……！」

「本当に、少しびっくりしただけで……」

初めてのことで緊張しただけだ、と言いたいところだが、喉の奥からヒューヒューと不穏な音が聞こえてくる。着物の上から胸を押さえればとんでもない勢いで鼓動が脈打っていて、やはり単に緊張していただけというわけではないらしい。

「離れた方がいいか？」

恐る恐る尋ねられて首を横に振る。

「触れられるのは、たぶん、大丈夫です……。ただ、その、口を吸われたら……」

「粘膜接触がよくなかったか」

悔いるような口調で呟きながら、和成が背中を撫でてくれる。これは和成の手だと思えば少しずつ呼吸が落ち着いてきて、気持ちがいい、と素直に思えた。

どうにか息を整えた暁生は、脱力して和成の胸に凭れかかる。相変わらず落ち着かない匂いはするが、一度思いきって胸の底まで吸い込んだおかげか少し慣れてきた気がした。

和成も恐る恐る暁生の背中に腕を回し、大きな卵でも抱きかかえるような慎重さで暁生を胸に抱く。

「何度も訊くが、大丈夫なのか……？」

「はい、こうして寄りかからせてもらえると楽です。和成さんこそ、他につがいのいるオメガと寄り添っていて嫌な気持ちはしないんですか？」

自分が質問を受ける側に回るとは思っていなかったのか和成はしばし黙り込んでから「しないな」とあっけなく答えた。

「お前からはもうフェロモンを感じないから、感覚としてはベータと一緒にいるのと同じだ。嫌な気持ちは少しもしない。愛しくは思う」

照れもせずさらりととんでもない言葉をつけ足されてしまった。赤くなった顔を上げることもできず、和成の胸に頬を押しつけて口を開く。

「あの、これからも……こうやって少しずつ、どれくらいお互いに触れられるか試してみませんか？　その、手で触るまでなら……大丈夫そうでしたし」

乱れた裾をさりげなく直しながら、羞恥を押し殺して提案してみる。どんな反応が返ってくるだろうと緊張して待っていると、背中に回された腕に力がこもった。

「お前さえよければ、したい」

是非、と続きそうな声音にほっとした矢先、項にそっと指を添えられて息を詰めた。思わせぶりな触れ方に、背筋の産毛がゾワゾワと逆立つ。

「嫌だと思ったら言ってくれ」

「え、い、今から続きをするんですか？」

慌てて顔を上げれば、切なげにこちらを見詰める和成の顔が目に飛び込んできた。

「少しだけ。粘膜接触はもうしない」

駄目か？　と窺うように尋ねてくる姿は耳を伏せた大型犬のようだ。

これほど見目の整った相手が自分相手に必死で食い下がってくるのがおかしくて、暁生は口元に苦笑を浮かべた。

「粘膜って……色気のない誘い方ですね」

「そういうものを俺に期待しないでくれ」

「わかりました。続けましょうか、接触検査」

「お前も大概色気がないぞ」

笑いを含んだ声を耳に吹き込まれて抱き寄せられる。

和成の胸に凭れかかる瞬間は少しだけ緊張するが、両腕でくるみ込まれてしまえばだんだんと体の強張りも解けていく。見ず知らずのアルファにつがいにされた直後は和成がそばにいるだけで震えが止まらなかったのに。

あの頃からは想像もつかないくらい肌になじむ体温に身を委ね、暁生はゆるりと目を閉じた。

冷たい雨が降り続く梅雨が終わったと思ったら、苛烈なほどの夏がやって来た。

やれ着物の洗い張りだ、布団の打ち直しだと忙しくしている間に秋が来て、涼しさに息をつく間もなく冬の到来だ。母屋の年越しの準備に忙殺され、年が明ければ新年の挨拶に訪れる客のための料理と酒を用意し、ふと顔を上げれば庭先で梅が花をつけている。

冷たい冬の空気に凛とした香りを漂わせていた梅が散り、代わりに桜が咲きほころぶ頃、和成は無事大学を卒業した。

卒業後は製薬会社に就職することが決まった和成は、徳則の猛反対を押し切ってでも実家を出るつもりでいたようだが、暁生が「もうしばらくこのままでいいじゃないですか」ととりなしたおかげで今も離れに暮らしている。暁生としては、就職したばかりで新しい生活に慣れていない和成に余計な負担をかけたくなかったのだ。

和成は仕事の合間に新居を探しているそうだが、今のところことごとく徳則に邪魔をされているらしい。そんな攻防をしているうちに和成も仕事に慣れ、また一年が過ぎていく。

周りの環境もゆっくりと変化した。

暁生の実家から手紙が届いて、末の妹が嫁いだことを知った。店はどうにか持ち直したもののだいぶ規模を小さくして、今も細々と商いを続けているそうだ。

田内診療所からは今も年始のたよりが届く。

暁生が屋敷に戻った後、和成は診療所にわざわざ足を運んで暁生がオメガであること、薬でヒートを抑制していたことを田内に説明したらしい。田内は暁生がオメガだったことに仰天し、フェロモン量の少ない暁生の体質や、和成の薬に大いに興味を示した。

今では暁生より和成の方が田内と懇意になっていて、抑制剤の臨床実験にオメガの患者を紹介してくれるなど田内が積極的に協力してくれているそうだ。

母屋でもいくつか変化があった。

まずは義姉が四人目の子を産んだ。それに伴い手狭になった母屋が増築され、使用人も何人か増えた。しかし何をおいても特筆すべきは、雪彦が所帯を持ったことである。

相手は同じ母屋で働く使用人で、ベータの女性だ。

これには周りの人間も大いに驚かされた。オメガは外見の性別に関係なく男性と所帯を持つもの、という先入観が根強かったせいだ。暁生でさえ、自分がオメガとわかってからは女性と結婚することなど想像したこともなかった。

「和成様と暁生さんのお二人を見ていたら、僕も勇気が湧いたんですよ」

離れに結婚の報告をしに来た雪彦は、暁生たちに向かって笑顔でそう言った。

雪彦もオメガの自分が所帯を持つとしたら配偶者は男性になるだろうと思っていたらしいが、つがいでもない和成と暁生がともに過ごす姿を見て考えを改めたそうだ。

他の使用人たちには隠し通しているが、さすがにヒート中の暁生の面倒を見ている雪彦は二人がつがいでないことを知っている。

他のアルファとつがったオメガを大事にする和成も、つがい以外のアルファなど到底受け入れられないはずなのに和成のそばにいようとする暁生も、最初は何を考えているのかまるでわからなかった。けれど二人がどんな経緯で結婚したのかを知り、フェロモンに振り回されながらも互いの手を取る覚悟を決めたのだと知って、こんなつがいもいるのかと感心したそうだ。

オメガだから男に嫁ぐしかないと思っていたが、そうと決まったわけではないのかもしれない。つがいのアルファとは違うアルファと暮らすなんて無茶を通した暁生がいるくらいだ。自分も心の求めるまま、好いた女性と所帯を持ってもいいのではないか。

母屋の使用人たちは雪彦がオメガだと全員知っている。意中の相手にも当然自分の第二性はばれていたが、それでも雪彦は勇気を振り絞って相手に声をかけたそうだ。

一体どんな紆余曲折《うよきょくせつ》の末に相手を頷かせたのかは照れて教えてもらえなかったが、本当に相手と所帯を持つことになったのだから雪彦もなかなか行動力がある。

雪彦とその妻は今、屋敷の外に家を借りて通いで働きに来ている。

未だ改良を続けている和成の薬のおかげで、雪彦もかなりヒートを抑えられるようになったらしい。高熱が出るばかりでほとんど風邪と変わらないので、ヒート中の看病は暁生たちに代わって雪彦の妻がするようになった。

これに伴い、使用人たちの雇用体系も変わった。

ヒートのあるオメガとその家族は年に一月近く休みを得る。それを不満に思う者が出ないよう、他の使用人たちも年間三十日の休日を得られるよう働き方を整えたのである。

「いずれ薬で完全にヒートが抑制されるようになるのが理想だが、現状どうしてもオメガは仕事を休まざるを得ない。不公平感も出るだろう。なら、ベータにも休みを設ければいい」というのが和成の持ち出した考えだった。

住み込みで働いている者で、休みをもらっても使い道がないという者には働いた分だけ余分に給金を渡す。休暇は好きなときに取得してもらって構わないが、盆暮れ正月など忙しい時期は融通し合ってほしい。そう伝えられた使用人たちは諸手を挙げて喜んだ。

この雇用形態の可否について和成が判断を仰いだのは、仕事で滅多に家に寄りつかない徳則ではなく母屋にいる長男だ。どうせ徳則は使用人の休みまで把握していない。

最初は「オメガならともかく、他の使用人にも一月近く休みを出すなんて……」と渋っていた兄だが、意外にも義姉が和成の意見に賛成してくれた。

働きやすい環境さえあればオメガも働けるものかどうか、この家の中だけでもぜひ試してほしいと義姉は言ったという。その言葉に押し切られる形で、和成の兄も休暇の件を了承してくれた。

これで雪彦たち夫婦が肩身の狭い思いをすることはなくなり、他の使用人たちも喜んでいいこと尽くしだと最初こそ自らの采配に胸を張っていた和成だが、時間が経つにつれ憂い顔を浮かべるようになった。

和成がその胸の内を明かしてくれたのは、いつものように雪彦に看病をしてもらってどうにか暁生がヒートを終えた翌日のことだ。

「どれだけ薬で抑えても、ヒートは苦しいものだろう。休んだからといって美味いものを食べたり、芝居を観に行けたりするわけじゃない。いわば病のようなものなのに、それで休んでいるのをベータがずるいと思うのはおかしなことだと思わないか？」

かつて暁生のヒート中に枕元で交わされていたヒート問答は、時を経てヒート後に茶の間で交わされるようになっていた。

「ベータにはヒートがない。それだけで恵まれているじゃないか。なのにオメガと同じように自分たちも休みが欲しいと言うのは話が違うような気もする」

釈然としない顔をする和成に、暁生は肩を竦めてみせる。

「確かにそうかもしれませんが、こちらとしては下手に休んでいることをやっかまれるくらいなら、一律全員に休みを与えてくれた方が気楽でいいですよ。藪入りの日以外は休みなく働いている彼らの心情も理解できますし」

「本人の意志ではどうしようもない体調のことでオメガばかり肩身の狭い思いをするのもどうかと思うんだが……。この辺りの議論はもう少し世の中がオメガに対する認識を改めてからでないと進まないような気がするな」

「この屋敷の体制が変わっただけでも、俺から見たら大した進歩ですよ」

日本全体が変わる日がくるだろうか、いずれくるでしょう、などと会話を重ねるうちにまた季節が過ぎる。春から夏へ、夏から秋へ、秋から冬へ。

雪彦たち夫婦に子供ができて、義兄夫婦の長男が小学校を卒業した。暁生の両親は店を長男夫婦に譲り隠居生活に入ったという。田内と和成は相変わらず交流を続け、診療所でも治験という形で少しずつオメガに抑制剤が処方されるようになってきたそうだ。

季節は巡り、時は流れて、もう何度目かの春である。

＊＊＊

三月に入ってようやく井戸の水がぬるみ、雑巾を絞る指先がかじかまなくなってきた。

新しい季節の訪れは、いつも水の温度が先駆けて知らせてくれる。

離れの廊下を雑巾で拭き清めていた暁生は立ち上がって大きく息をつく。顔が映り込むほど磨き上げられた床を眺めて満足していると、土間から声をかけられた。

「暁生さん、そろそろ掃除を切り上げるようにと和成様が」

振り返った先にいたのは雪彦だ。出会った頃は線が細く、まだ少年の面影が残っていた雪彦も、今や精悍な顔つきの青年になった。この屋敷にやって来たときは十七歳だった雪彦も、今年で二十四歳だ。

「ああ、もうすっかり片づいたんですね」

上り口から茶の間を覗き込み、雪彦が感慨深げな声を上げた。ちゃぶ台や茶箪笥、火鉢などは外に運び出され、離れの中はすっかりがらんどうだ。

「掃除道具はここに置いておいてください。後で僕が片づけておきますから」

「ありがとう。よろしくね」

暁生は着物の袖を留めていたたすきを外す。最後に朝から掃除続きで汚れた手を清め、雪彦と一緒に離れを出た。

日が傾き始めた空は紫と桃色を混ぜたような不思議な色合いで綾をなしている。春先の美しい夕暮れに目を眇め、庭の脇を歩いて屋敷の門へ向かった。

門の前では和成が待ち構えていて、暁生たちに気づくと軽く手を上げた。

髪を後ろに撫でつけ、さらりと背広を着こなした和成は出会った頃より顎ががっしりして、肩幅も広くなった気がする。鷹揚に笑いながら暁生たちの到着を待つ顔には貫禄すら滲んで、随分と男ぶりが上がったものだ。

雪彦に先導されて門を出てきた暁生に、和成は軽く眉を上げてみせた。

「今の今まで掃除をしてたのか？　朝からずっと？」

「最後ですから、きちんと綺麗にしておきたかったんです」

「使い道もない離れだ。俺たちがいなくなったら壊されてしまうかもしれないんだぞ」

「だとしても、長く住んだ家ですから」

今日、暁生たちは長年暮らした離れを出て、外に借りた一軒家に引っ越すのだ。大きな荷物は朝のうちに運びだされ、暁生は空っぽになった家の掃除に勤しんでいた。

「あちらの家はあらかた片づいたぞ。この家の者たちも手伝ってくれたからな」

暁生の肩に手を添え、和成は雪彦を振り返る。

「お前にも世話になったな」

暁生からも「今までありがとう」と声をかけると、雪彦がくしゃりと顔を歪めた。

「こちらこそ、和成様に拾っていただけなければ僕は今頃どこかで野垂れ死んでいたと思います。暁生さんにもよくしていただいて、本当にありがとうございました。僕も新居についていけたらよかったんですが……」

「気にするな。うちに来るよりここで働いていた方がずっと生活は安泰だ。もうすぐ二人目も産まれるんだろう？　しっかりな。抑制剤も定期的に届けるようにする」

「ありがとうございます」と深々と頭を下げた雪彦に、和成は笑い交じりに言う。

「その代わり、薬効については毎回きちんと報告するように」

「はい、それはもちろん」

相変わらずの和成の言葉に雪彦も小さく笑って、今度は暁生に顔を向けた。

「暁生さんも、何かあったらすぐ連絡をください。駆けつけますから。ヒートのときとか、本当にこれからは和成様と二人きりで大丈夫なんですか？」

「今度の家は今までよりいくらか広いらしいから、お互い家の端と端にいるようにすれば問題ないと思うよ。最近は熱が出るばかりでさほど症状も重くないし、襖越しならヒート中も和成さんと話をすることだってできるようになったからね」

「無理だけはしないでくださいね。本当に、いつだって馳せ参じますから。二人は僕の恩人なんです。どちらが欠けても、今の僕はいなかったと思うので」

「大げさだな」と和成は笑ったが、暁生にはわかる気がした。

職を得て、望んだ相手と家庭を作る。ベータならばなんの難しいこともないそれは、オメガである自分たちにはあまりにも困難だ。雪彦だって運よく和成に拾われたはいいが、母屋の人たちから受け入れてもらえなければまた路頭に迷っていたかもしれない。

暁生は雪彦の手を取って、しっかりと握りしめる。

「大変なこともあると思うけど、どうか元気で。家族で仲良くね」

「……っ、はい。暁生さんたちも、末永くお幸せにお過ごしください」

涙ぐんだ雪彦が深々と頭を下げてくる。最後に別れの挨拶をして、暁生たちは門の前に待たせていた馬車に乗り込んだ。

走り出した馬車の窓から背後を振り返れば、門の前にまだ雪彦が立っていた。

やがてその姿は見えなくなり、暁生はゆっくりと座面に背をつけた。

宇津木家の屋敷は広大で、しばらく走ってもまだ生け垣が途切れることがない。通り過ぎていく垣根を横目で見遣り、暁生はまだ現実味のない気分で呟いた。

「まさか本当にあの家を出られるとは思っていませんでした」

独白めいた言葉を聞きとめ、隣で腕を組んでいた和成が唇の端で笑う。

「父の目先が変わったからな。兄たちには礼を言うしかない」

「お兄さんたちは大変でしょうが……」

「本当に大変なのは甥だろう」

つい先日、義兄夫婦の長男が小学校を卒業した。卒業前に子供たちは全員バース検査を受ける。そこで判明した長男の第二性は、アルファだった。

この事実に徳則は狂喜し、よくやったと義兄夫婦を大いに褒めたたえた。これで宇津木家は三代続くアルファの家系になったわけだ。

　待望のアルファの孫ができたおかげで有頂天になった徳則は、和成からのもう何度目になるかわからない「家を出たい」という要望も二つ返事で承知した。おかげで暁生たちは宇津木家を出られる運びになったというわけだ。

「まあ、甥が成人する頃には父もいい年になっているだろうし、兄たちも父の好きにはさせないだろう。甥は俺のように家に閉じ込められることはないと思うぞ。それにしても、どうせなら赤子のうちからバース検査ができればいいんだがな。そうしたらもう十年以上前に俺はあの家から解放されていただろうに」

「でもそうなったら、和成さんは俺とお見合いなんてしていませんよ」

「それは困るが」

　座席で隣り合って他愛もない話をしながら、どちらからともなく手をつないだ。

　他のアルファのつがいになってからもう七年。長らくそばにいたおかげか、あるいは度重なる接触検査の効果か、これくらいの触れ合いならもう暁生もびくびくしなくなった。こうして狭い馬車の中で隣り合っていても和成の匂いに怯えることもない。

「そういえば、アルファ向けの薬の販売がそろそろ始まるとか？」

「ああ。これを機に、細々と販売していたオメガの抑制剤も製造量を増やせそうだ」

　製薬会社に就職してからオメガの抑制剤を研究してきた和成は、アルファ向けの薬の研究も欠かさなかった。以前暁生の前で和成が飲んでいた薬に改良を加えたものである。

最初は「そんな薬に需要があるのか?」と半信半疑だった社内の人間も、アルファである和成が強く薬の重要性を訴えたことで研究を打ち切らずに来たらしい。

ある程度の薬効が認められ、そろそろ製品として売り出すかと上司たちが重い腰を上げたところで薬の噂が流出した。途端に華族やら政治家やら上流階級の人々からアルファ用の薬に関する問い合わせが殺到し、前倒しで薬を販売することになったらしい。

その話を聞いたとき、暁生は初めてアルファの苦悩を目の当たりにした気がした。

「オメガばかりがアルファに怯えているのかと思っていましたが、フェロモンで理性を失ってしまうアルファも自分の変化に怯えていたんですね」

「オメガのヒートに引きずられるアルファを未だに異常性欲者と呼ぶ向きもあるからな。抑えられない情動をどうにかできるならと、藁にもすがる思いなんだろう」

しかしな、と和成は不満げに鼻を鳴らす。

「アルファ側に需要があるとわかった途端、会社が薬の開発費を惜しまなくなった。あれほど抑制剤研究の金を出し渋っていたのに、アルファに売れるとわかった途端これだ。どちらもフェロモンに関する薬なのにこの掌返しはどうなんだ?」

「仕方ありませんよ。採算が取れなければ会社が傾きますから。アルファの薬で利益が出れば、オメガの薬ももっと世に出回るようになるでしょう」

カリカリする和成を宥めているうちに馬車が目的地に到着した。

やってきたのは庭つきの小さな平屋だ。周囲を垣根で囲われた家は小ぢんまりとして、どことなくこれまで住んでいた離れを彷彿させる。ただ、家の広さに対して庭が広すぎるような気もした。また畑でも作るつもりだろうか。

玄関に回ると、宇津木家の母屋で働いていた使用人たちがぞろぞろと外に出てくるところだった。重たい家具の搬入や掃除などを済ませておいてくれたらしい。

「悪かったな、こんなことまで手伝わせて」

和成に声をかけられた使用人たちは、いえいえ、と笑顔で首を振る。

「和成坊ちゃんの門出ですから、これくらいのことはさせてください」

「何かありましたらまた声をかけてくださいよ」

「ありがとう。よろしく頼む」

年かさの使用人が親しげに和成の肩を叩いて敷地を出ていく。その後にぞろぞろと続く使用人たちも、和成と暁生に声をかけていってくれた。特に暁生はよく一緒に働いていた仲だからか「お幸せに」と温かい声がかかる。

皆が出払うと、家の中には和成と暁生の二人だけになった。

「お前はまだ家の中を見ていないだろう。案内する」

先に靴を脱いだ和成が上がり框から暁生に手を差し伸べてくる。少しはしゃいだその顔を見上げ、暁生も小さく笑ってその手を取った。

玄関の先にまっすぐ伸びる廊下は左右に襖が並んでいて、ますます離れと似た雰囲気だ。手をつないだまま廊下を歩きながら、一つ一つ襖を開けて中を覗き込んでみる。

「離れよりは部屋数が多いんですね」

「そうだな。入り口に近い部屋は前と同じく茶の間と俺の寝室にするか。真ん中の二部屋は客間と書斎にして、奥がお前の部屋だ。向かいの部屋は納戸にしてもいいな」

「納戸と言いつつ、和成さんの研究資料を置く部屋になってしまうんでしょうねぇ」

廊下の突き当りを右に折れると土間に出た。ここで煮炊きをするらしい。

「勝手口を出た先に井戸がある。湯殿《ゆどの》もあるぞ」

「湯殿⁉」と暁生は声を裏返らせる。やけに庭が広いと思ったら、そんな贅沢なものを作っていたのか。

「前の家にもあっただろう。ヒート中はろくに歩けないから銭湯にも行けないし」

「ヒート中なんて布で体を拭うだけでも十分ですよ。それに、最近は薬のおかげでそこまでヒートの症状もひどくありません」

製薬会社で作っている薬とは別に、和成が暁生の体質に合う薬を長年かけて調合してくれたおかげで、ヒートの症状は他のアルファとつがう前の状態にだいぶ近づいている。

「この調子なら、そのうちまたヒート問答ができるようになるかもしれませんよ」と告げれば、「懐かしいな」と和成に目を細められた。

喋りながら歩いていたらどこからか風が吹き込んできて、二人揃って廊下の途中で足を止めた。客室として使おうとしていた部屋の襖が少し開いていて、そこから風が入ってくる。室内に足を踏み入れてみると、庭に面した窓が開け放たれていた。

外から春の夜風が吹き込んでくる。庭の隅に植えられた木がさわさわと揺れたが、薄暗いので枝葉の形が判然としない。

「次のヒートは三か月後か」

和成とつないでいた手の甲を、親指の腹でするりと撫でられる。暁生は小さく息を詰まらせたものの、すぐに緩く息を吐いて和成の肩に頭を寄せた。

前回のヒートが終わったのは先月の終わり。ほんの一週間ほど前のことだ。

ヒートが終わった直後は接触検査と銘打って互いに肌を寄せ合うのが習慣になっているが、先週は引っ越しの準備などで忙しくそんなことをしている暇などなかった。

和成が身を屈め、暁生の髪に唇を近づける。

「……今日の体調は？」

耳元で囁かれて背筋に震えが走った。返事をする代わりに手を握り返せば、耳元にそっと唇を寄せられる。こちらを見詰める和成の瞳は甘い。緊張を凌駕する期待に呑まれそうになって、暁生はぎこちなく和成から目を逸らした。

和成に触れられるたび肌がさざめくのも心拍数が跳ね上がるのも相変わらずだが、嫌悪感は日増しに薄れ、今や好いた相手の傍らで胸をどきつかせている気分になる。

実際は、つがい以外のアルファに警戒して神経をとがらせているだけなのだろうが。

以前も早合点をして和成と唇を合わせ、その後大変な目に遭った。ふらふらと和成に身を預けてしまいそうになる自分を律し、暁生は背筋を伸ばす。

「それより先に、夕食にしましょう」

「引っ越し初日だから店屋物にしてもいいぞ」

「豪勢ですねぇ」と笑いながら縁側に向かう。和成とともに雨戸を閉めていると庭先からヒュッと冷たい風が吹き込んできた。濡れた土の匂いに続き、甘い香りが鼻先を過る。

「もしかしてこの家、庭に梅の木でも植えていますか?」

「いや、梅はなかったはずだが。あったとしてもとっくに散っているだろう」

確かにもう三月に入っているのだし、梅の花は落ちてしまったはずだ。

暁生は首を傾げながら縁側の雨戸をぴたりと閉める。冷たい風はすぐ遮られたが、不思議なことに花の香りはしばらくその場に残ったままだった。


和成の勧め通りその日は店屋物で夕食を済ませ、さらに内風呂まで使ってしまった。

毎日薪で風呂を沸かすのは贅沢だが、越してきた初日くらいは浮かれたい。一番風呂は風呂を沸かしてくれた和成に譲り、湯の冷めぬうちに暁生も風呂を使わせてもらった。

寝間着に着替えて茶の間に行ってみると、和成がちゃぶ台に背を向けて火鉢に当たっていた。火鉢は離れから持ってきた馴染み深い物だ。新しい家でも以前と同じ道具があると、それだけで室内全体に親しみを覚える。

物音に気づいたのか、寝間着姿の和成がこちらを振り返った。目元を緩めて手招きされる。子供のような仕草に苦笑しながら近づけば、ここに座れとばかりに自身の膝を叩かれた。暁生はいよいよこらえきれず笑いながら和成の膝に腰を下ろす。背中を和成の胸につけるとすぐに、後ろから柔らかく抱き込まれた。

「上等な座椅子ですね」

「だろう。お前専用だ。いつでも凭れてくれ」

笑いながら振り返れば、肩越しに和成と目が合った。笑みを含んだ目元が近づいてきて、暁生はゆっくりと目を閉じる。

唇を軽く合わせて、すぐ離す。

七年かけて慎重にどこまで触れ合えるのか探った結果、粘膜接触が最も暁生の体に負担をかけることが判明した。相手の体液を摂取するのがよくないらしい。だからいつも唇同士は軽く重ねるだけだ。

和成の唇は暁生の頬に移動して首筋に落ちてくる。その首にチョーカーはもう巻かれていない。

チョーカーをつけ始めたのは暁生の意志だった。噛み痕を見ると和成が痛ましそうな顔をする。それを見たくなかったのだ。

けれど夏場はひどく噛み痕が膿むし、汗疹《あせも》もできてしまう。「外したらどうだ」と声をかけてくれたのは和成の方だった。

「噛み痕が見えても俺は気にしない。誰のつがいであっても、俺の伴侶はお前だ」

項にそっと口づけられて胸がいっぱいになった。チョーカーをつけるのは和成を傷つけないためと思っていたが、実際は暁生自身がつがいの痕を見られることに不安を覚えていたのだと気づいたのはそのときだ。

今はもうそんな不安も消えて、こうして普段はチョーカーを外して生活している。

「あ……っ」

着物の合わせから和成の手が忍び込んできて、小さな声が漏れてしまった。直前まで火鉢に当たっていたせいか直接肌に触れる掌は熱い。唇で首筋を辿られながら胸に手を這わせると、みるみる息が乱れていく。

服の上から肩に触れられるだけで身を強ばらせていたのは過去の話で、今は触れられるほど体から力が抜けていく。指先で胸の突起を転がされると声が甘く溶けてしまう。

「気分は悪くないか？」

耳元で低く囁かれ、暁生は上ずりそうな声で「大丈夫です」と答えた。

つい先日ヒートを終えたばかりだし、今が一番和成のフェロモンに影響されにくい。和成だってそれはわかっているはずだが、こうした声掛けを決して欠かさない。だからこそ、暁生も安心して和成に身を委ねることができるのだ。

ヒート後は体に火がつきやすいのか、ほんの少し胸を弄られただけでぐずぐずと後ろが濡れ始めた。こんなふうに後孔が濡れるようになったのはつがいにされてからだ。

胸をまさぐっていた和成の手が腹部に下りてきて、服の上から足の間に触れる。すでに緩く勃ち上がっているそれを撫でさすられただけで腰が浮いてしまいそうになった。

和成の手が着物の前をかき分ける。「触れるぞ」と律儀に声をかけてから下穿き越しに触れられ、やわやわと揉みしだかれて、暁生はとっさに人差し指の関節を噛んだ。

「ん……っ、ぅ……」

「こら、指を噛むな」

暁生は無言で首を横に振る。こうでもしないと声を殺せない。

和成は暁生の屹立を扱きながら、もう一方の手で胸の尖りもいじめてくる。親指と人差し指でこよりを作るように先端をつままれると、背筋を甘い痺れが駆け上がった。

気持ちいい。けれどももどかしい。

晩生は振り返って和成の胸に頭をすり寄せた。こちらを覗き込んできた和成と目を合わせることはできず、目を伏せて和成の顎に唇を寄せる。

和成の胸が小さく揺れて、笑いを含んだ声で囁かれる。

「随分可愛い誘い方をする」

可愛いだなんて三十路もとうに過ぎた男によく言うものだ。睨むつもりで目を上げたが、和成の顔が蜜のように蕩けていたので何も言えなくなった。これ以上ないほど顔を赤くして、続きを促すつもりで軽く膝を開く。

和成は何もかも承知している顔で晩生の下穿きを脱がせると、「指は噛むなよ」と念押ししてから晩生の内股に手を入れた。すでに先走りをこぼしている屹立をいたずらに一撫でして、その奥に指を這わせる。

「あ……っ、ぁ……、あぁ……っ」

体の奥まった場所に和成の指が触れる。とろとろと濡れたそこは柔く押されただけで難なく和成の指を呑み込んで、その硬さを悦ぶように内側がうねった。

ヒート中はもちろん、性的な興奮を覚えると奥が濡れるようになっても、晩生はなかなかそこに触れることができなかった。奥が疼く感覚はあってもどう触れればいいのかよくわからなかったからだ。

最初にそこに指を伸ばしたのは和成だ。初めて体の深い所に触れられたときは腰が抜けるかと思った。

「あっ、あ……ぅ、ん……っ」

後ろから抱きかかえられ、奥を突かれて身をよじらせる。とっさに指を噛んで声を殺そうとすると、和成の動きがぴたりと止まった。

「噛まない約束だろう？」

耳の裏で囁かれ、耳殻にとろりと舌を這わされる。震える指を下ろして胸の前で握りしめると、耳の端にふっと柔らかな吐息がかかった。間を置かず指を増やされる。

「あっ、あ、あぁ……っ」

ぬかるんだ場所を押し上げられて何度も腰が跳ねた。ヒート中でもないのに理性が溶けて、ひっきりなしに上がる嬌声を気にする余裕すら失せていく。

新たな快感の波に呑まれて身をよじった拍子に、腰に硬いものが触れた。

和成も興奮している。そう思うとまた一段と体が熱くなった。

「お……俺も、触りたいです」

暁生は腰に触れる屹立に手を伸ばそうとするが、腰に回されていた和成の腕にきつく抱き寄せられて身動きが取れなくなった。

「俺はいい。こうしてお前に触れられるだけで十分だ」

そう言って和成は自分に触れさせようとしない。いつもそうだ。暁生を良くしようとするばかりで、自身の快感は求めない。

晩生はどうにか抗議しようとするが、指の腹で奥をこすられると舌が回らなくなってしまう。

「あっ、あぁ……っ、や……ぁ……っ」

声が水飴のように甘く伸びる。耳に触れる和成の息遣いも荒くなって、自分の乱れる姿を見て和成も興奮しているのだと思うと胸が苦しくなった。

つがい以外のアルファから欲を向けられているというのに嫌悪感はまるでない。苦しいのはむしろ、和成に触れることができないことだ。一方的に与えられるばかりでなく、自分も何か返したい。

「か、和成さん……、俺もしたいです……」

すすり泣くような声で訴えると、晩生を抱きかかえていた和成の体が強ばった。まさか泣かれるとは思っていなかったのか、うろたえ顔でこちらを覗き込んでくる。

「無理をするな」

晩生は無言で首を振ると、腰に回された和成の腕を強く握りしめた。

「いつも俺だけなのは……寂しいです」

消え入りそうな声で告げれば、耳元で低い唸り声がした。次の瞬間、視界がぐるりと回って畳の上に横倒しにされる。和成が抱きしめてくれていたおかげで衝撃はなく、すぐには状況が摑めず目を瞬かせていたら和成が上からのしかかってきた。

「……いいんだな？」

　暁生の顔の横に両手をついた和成が低い声で言う。地鳴りのようなその声に心臓が跳ねたが、暁生は怯まず腕を伸ばして和成の首を抱き寄せた。

　和成は慌ただしい手つきで自身も下穿きを脱ぐと、少しばかり躊躇してから暁生と自身の屹立をまとめて摑んだ。

「……っ、具合が悪くなったら言ってくれ」

　息を荒らげた和成に念を押され、一も二もなく頷いた。すぐに和成が二人のものをまとめて扱いてきて、暁生は喉をのけ反らせる。

　いつもは後ろから和成に抱きかかえられる格好で、一方的に性感を高められるばかりだった。けれど今は目の前に和成の体があって、かつてなく互いが密着している。屹立に押し当てられるものは掌より熱く、弾力があって、未知の感触に眩暈がした。

「あっ、ん、あ……っ！」

　気持ちがいい。でも奥が寂しい。いつもは前を扱かれながら後ろを突かれて達するのに。

　薄目を開ければ、すぐそばに快楽に耐えるように眉を寄せる和成の顔があった。

　ふいに目が合って、ぎらついた瞳に見下ろされた瞬間、体の中心を甘い蜜のような快感が貫いた。

「あ、あぁ……っ……」

物理的な快感だけではない何かに背中を押され、暁生は和成の手に導かれるまま吐精する。その様を見た和成もぐっと奥歯を噛みしめ、暁生の上で身を震わせた。

初めて互いの顔を見ながら高め合ったせいか、二人揃って呆気なく達してしまった。さすがに早かった自覚があるのか、和成は顔を隠すように暁生の肩に顔を埋めてくる。

加減して体重をかけてくる和成の重みに、暁生はとろりと目を閉じた。

こうして自分の前で和成が遂情するのは初めてだ。いつもなら暁生が達すると後始末をして、自分は一人で厠へ行ってしまうのだから。

満たされた気分に浸っていると、和成がゆっくりと身を起こした。

「気分は?」

顔を覗き込まれて微笑み返す。言葉にしなくても胸の内は伝わったようで、和成の目元も緩んだ。頬や鼻筋や目元に降ってくる和成の唇を受け止めながら、こんなふうに和成と触れ合える日がくるなんて想像もしていなかった、と暁生は回想する。

七年かけてここまで来た。格段の変化だ。

けれど、それでも、こうして事が終わった後に、唇を重ねることはできない。これ以上の行為もできない。粘膜接触は厳禁だ。

自分たちはごく一般的なつがい同士のようには触れ合えない。そう実感してしまって、汗ばんでいた体がすっと冷える。潮が満ちるように胸の中に寂しさが満ちて、目の縁から溢れてきてしまいそうになる。

晩生が涙目になっていることに気づいたのか、和成がぎょっとした顔で身を起こした。

「どうした、やっぱり無理してたのか！」

「いえ、違うんです……。ただ……なんでしょうか」

言いよどんでいる間に、和成はテキパキと後始末を終えて晩生の体を抱き起こす。

「ほら、火鉢に当たれ」

最初のように和成の背に胸をつけ、後ろから抱き込まれる格好になった。

「……すみません、本当に。気分が悪くなったわけじゃないんです。ただ、人間の欲望には底がないなと思っただけで」

ここまで触れ合うことができたのに、さらにその先を望んでしまった。けれどそれは叶わぬことだと思い出し、一人で落ち込んでしまっただけだ。

和成は晩生を後ろから抱きしめたまま、「うん」と短く相槌を打つ。どういう意味だと尋ねてこないあたり、和成も同じようなことを考えたのかもしれない。けれどそれは口にせず、晩生を抱いて子供をあやすようにゆらゆらと体を前後に揺らす。

波のような揺れに身を任せているうちに、冷えた体にまた熱が戻ってきた。力を抜いて和成の胸に寄りかかると、和成がふと何かに気づいたように動きを止める。

「花の匂いがするな。どこからだろう」

「ああ、やっぱりしますよね。庭に花でも植えられているのでは？」

和成は再び前後に体を揺らしながら、「そうだったかな」と首を傾げる。

「気がつかなかっただけで何か植えられていたのかもしれないな。だとしても、この時期だとなんの花だ？　こんな濃い匂い……」

すん、と鼻を鳴らした和成が「ん？」と声を上げる。すんすんと鼻を鳴らしながら暁生の首筋に顔を寄せてきた。

「……香油でもつけてるのか？」

「俺ですか？　いえ、つけてません」

「なら、石鹸を新しいものに？」

「いつもの棒石鹸ですよ。和成さんも同じものを使ったでしょう」

そんなことより首筋に和成の息がかかってこそばゆい。「くすぐったいです」と笑いながら身をよじると、和成も笑って暁生の体を抱き寄せてきた。そうやってじゃれ合っていたら和成の唇が項の噛み痕に触れて「あっ」と声を上げてしまった。

「すまん！」

和成が一声叫んで身を離す。慌てたような声音に、こちらこそ大げさな反応だったかと暁生ははにかんだ笑みを漏らした。

「大丈夫です。すみません、大きな声を出してしまって」

「いや、俺が悪かった。うっかりして――……」

唐突に和成の声が途切れた。振り返れば、和成が目を見開いて暁生の首を凝視している。

「どうしました？」と声をかければ、和成が目を見開いたまま暁生に視線を向けてきた。

「……首の噛み痕が、かさぶたのようになってる」

「かさぶた？」と暁生も繰り返す。項に残った噛み痕はケロイドのように皮膚自体が盛り上がっていて、かさぶたのようには見えないはずだが。

「暗くてよく見えないだけでは？」

「……かもしれない。少し、触れてもいいか？」

頷いて首を前に倒せば和成の指先が項に触れて、噛み痕を辿るようにゆっくりと動く。

次の瞬間、何か硬いものが皮膚に押しつけられる感触があった。

「――取れた」

「え、何がですか？」

「だから、かさぶただ。歯形の痕がかさぶたになってるんだ」

「かさぶたって、噛み痕はそんなものじゃ……」

こちらが喋っているのにも構わず和成が弱い力でカリカリと首の裏を掻いてくる。

「おい、完全に取れたぞ……！」

興奮した口調で告げられ、まさかと思いつつ項に手を当てた暁生は息を呑んだ。

首に浮いた汗を拭うときや風呂で体を洗うとき、指で触れるたびその存在を主張していたあの凹凸がない。暁生は何度も何度も指先で項をこすり、信じられない思いで和成を振り返った。

「……取れたんですか？　本当に？　そんな、どうして急に」

和成は口元に手を当て、難しい顔で暁生の首を見ている。言葉はなく、瞳だけ小さく揺れているのは目まぐるしく考え込んでいるときの顔つきだ。

ややあってから、和成は口元を覆う手をゆっくりと下ろした。

「つい先日、海外の論文を読んだんだ。それによると、人間の体というのは七年で完全な別物になってしまうらしい」

「別物……ですか」

「細胞説の話は以前したことがあるな？」

突然話が飛んだが、和成から日々科学に関する知識を得ている暁生の反応は早い。

「生物としての構造と機能の最小単位は細胞だ、というやつですか」

「そうだ。生物の体は無数の細胞でできている。肌が乾くとかさかさと粉を吹くのも、古くなった肌の細胞が剥がれ落ちるからだ。そうやって古い細胞は捨てられ、新しい細胞が生まれる。肌に限らず全身の細胞は常に新旧入れ替わる。俺が読んだ論文では、骨髄液を含めて全身の細胞が入れ替わるのにおおよそ七年かかると書いてあった」

　突然始まった講釈に戸惑いつつも、いつもの倣いで暁生は傾聴の体勢をとってしまう。互いに向き合うと、和成は結論を述べる前にごくりと唾を飲み込んだ。

「お前が項を噛まれてから、今年でちょうど七年だ」

　暁生は目を見開く。和成も意図が通じたと悟ったのか身を乗り出してきた。

「お前の体も、七年かけてまっさらな状態に作り替わったんじゃないか？　項の痕が消えたのも、つがいを持つ前の状態に戻ったからだとは考えられないか？」

　暁生はとっさに項へ手を添える。何度確かめても、そこにあったはずの噛み痕はない。

「でも、世の中には十年も二十年も寄り添っているつがいもいます。たった七年でつがいが解消されるわけが……」

「それは定期的につがいの体液を摂取しているからじゃないか？　お前も俺の体液には過剰に反応しただろう。アルファの体液がオメガに影響を与えている可能性は高い。項の噛み痕だって、傷口にアルファの唾液が触れることで何らかの作用を及ぼしているのかもしれない」

　つがいの状態は、オメガとアルファが常に接触して体液を交換することで継続する。そう仮定するならば、この項を噛んだアルファと一切接触せず七年を過ごしたことでつがいが解消されたということか。

突然の展開に頭がついていかず、暁生は掌で額を押さえた。

「でも、たった七年でつがいが解除されるなんて……そんな話は一度も」

「たった七年なんかじゃない」

暁生の言葉尻を奪い、和成は強い口調で言い募る。

「つがいと死別したオメガの平均余命は三年だ。俺の母親だって父が顔を見せに来なくなってから三年経たずに他界した。それを七年だぞ。つがいがいない状態でこれほど長く健康を維持できたオメガの話なんて他に聞いたことがない」

「それは、和成さんの薬があったからで……」

呟くと、膝に置いていた手に和成の手が重ねられた。

「お前自身の体質のおかげもあるかもしれない。最初からヒートの症状がかなり軽かっただろう。それでぎりぎり正気を保てたのかもしれないな」

ようやく状況が呑み込めてきて、暁生は震える声で尋ねる。

「じゃあ、俺は今、誰のつがいでもないってことですか……？　だとしたら、さっきから感じるこの花の香りは、もしかして——……」

さっぱりと甘い、梅のような香りが茶の間に満ちている。まだ越してきたばかりで、花器の一つもない部屋だ。庭に植えられた花の香りもここまで届くとは思えない。

和成は暁生の手を取ると、それを自分の口元まで持ち上げた。指先に唇を押し当て、軽く目を伏せて笑う。
「……俺も感じる。懐かしい、出会った頃のお前の匂いだ」
和成も感じているのかと思ったら、圧倒的な歓喜に呑まれて声も出なくなった。
室内には相変わらず瑞々しい花の香りが漂っている。見開いた目に一瞬で涙が浮かんで、
暁生は掠れた声で呟いた。
「――……貴方の匂いだ」
他の誰かのつがいになってから、それまで心地よく鼻先を漂っていた和成の匂いの印象
はがらりと変わってしまった。甘いは甘い。でもどんな甘さかよくわからない。匂い袋の
口が閉ざされたようで、ただ不安な気分ばかり煽られる。
けれど今日、ようやく再び袋の口が開いた。本来の和成の匂いを久方ぶりに思い出し、
暁生はたまらなくなって和成の胸に飛びつく。
すぐに背中に和成の腕が回され固く抱きしめられた。甘い匂いが全身を包み、まるで満
開の花の中に飛び込んだかのようだ。
涙が後から後から溢れてきて、和成の寝巻きに吸い込まれていく。必死で手の甲で涙を
拭っていると、首筋に和成の鼻先をすり寄せられた。
「信じられない……お前の匂いだ。もう二度と感じることはないと思った」
和成の声も少し湿っている。これまで和成は暁生が別のアルファのつがいになってし

まったことを一度も責めなかったし、それに対して落ち込むようなそぶりも見せなかったが、思うところは山ほどあったのだろう。

晩生の首筋に顔を埋めた和成が、呻くような声で言う。

「もう誰にもお前を奪われたくない。頼む、俺のつがいになってくれ」

懇願するような口調で言われ、晩生は濡れた睫毛を瞬かせる。

和成のつがいになれたらどんなにいいかとずっと思ってきたはずなのに、いざその現実が目の前に迫ると即答できなかった。

本当に、自分がつがいになってもいいのだろうか。

晩生は今年で三十五歳。つがいになったとしても子をもうけるのは難しいだろう。オメガは孕みやすいというが、それにも限度というものがある。

子供も産めない、外見は男性ベータと見分けがつかない自分がアルファである和成と寄り添って生きていくなんて、きっと周りの誰からも祝福されない。和成自身のためにもならない。

それでも晩生は和成の背中に腕を回してしがみつく。

かつてはオメガに生まれたことを恨んだこともあった。アルファとつがうなんてまっぴらだと思っていたこともある。だが持論を翻すことにもう抵抗はなかった。時間とともに人の考えは変わるのだ。

今度こそ、唯一の相手と添い遂げたい。

和成の背中を掻き抱き、暁生はくぐもった声で呟く。

「俺はもう、子供を産めないかもしれません……。そうなったら男性ベータとほぼ変わりがありませんが、それでも……」

それでも俺を選んでくれるんですかと、そう口にする前にこれ以上ないほど強く和成に抱きしめられた。

「構わない。俺はオメガだからお前を選んだわけじゃない。俺がアルファでなくても、お前がオメガでなくても、きっと俺はお前の手を取ったし、お前も俺を選んだはずだ」

そうだろう、と確信を込めた声で言い切られ、涙で溺れそうな声で「はい」と答えた。自分だって、アルファだから和成に惹かれたわけでは決してない。

「つがいにしてください……っ」

嗚咽交じりに暁生は懇願する。

もう二度と他のアルファに自分たちの仲を引き裂かれたくない。誰にも自分たちの邪魔はさせたくない。そのためなら、どんな誹《そし》りも非難も引き受けられる。

この七年で、何を失っても諦められないものがあると痛いほどわかったはずだ。

「もう貴方しかいらない……！」

背中に回された和成の腕がほどけたと思ったら、両手で左右から頬を摑まれた。上向かされ、その表情を確かめるより先に唇を奪われる。

「んん……っ」

いつもは軽く触れてすぐ離れるのに、今日は唇をきつく吸い上げられて目を見開いた。軽い痛みすら覚えたそこに舌を這わされ、驚いて何か言おうと口を開いたらすぐさま和成の舌が押し入ってきた。

「ん、ぅ……っん」

粘膜接触にはあれほど慎重だった和成が、我を忘れたように暁生の唇を貪ってくる。合わせた唇の隙間からどちらのものともつかない荒い息が漏れて、暁生は必死で和成の背中にしがみついた。

熱い舌に口内を好き勝手に掻き回されて背筋を震えが駆け上がる。和成の甘い香りが終始鼻先に届くせいか口の中まで甘ったるく感じた。

舌を絡ませ合う深い口づけがこんなにも甘いだなんて知らなかった。興奮して頭が煮立ってしまいそうだ。ヒート中でもないのに体の中心がぐずぐずと溶けて崩れていく感覚に襲われる。

ようやく唇がほどかれたときにはすっかり息が上がってしまって、ろくに声を上げることもできなかった。

「寝室に行こう。俺の部屋にもう床を延べてある」

暁生の濡れた唇を指で拭い、和成が極限まで潜めた声で言う。

頷けば背中に腕を回され、縦抱きにする要領で一息に抱き上げられた。そのまま茶の間を出て寝室に向かう。

和成の言う通り、室内にはすでに布団が敷かれていた。離れで暮らしていたときも布団の上げ下ろしを横着して万年床にしていたので、ここでも敷きっぱなしにするつもりで早々に床を延べていたのだろう。

二人して布団にもつれ込めば、すぐさま和成がのしかかってきた。

体が熟れた果実になってしまったかのようだ。押し潰されれば甘い香りを振りまいて柔く崩れる。和成の体の重みを感じているだけで感極まってしまって、暁生は涙声で和成の名を呼んだ。

和成は手早く暁生の帯をほどき、下穿きごと寝巻きを脱がせると自分も乱暴に帯をほどく。互いに一糸まとわぬ姿で抱きしめ合って、肌の熱さに恍惚とした。

いつもきっちりと着こまれた服の下に、これほどの熱がこもっていたのか。ろうそくが高く火を上げて溶けていくように皮膚の下がどろどろと溶け、体の輪郭が曖昧になっていく。

熱い掌が内股に滑り込んできて、自然と膝を開いてしまった。そんな自分の行動をはしたないと思う余裕もなく、和成の腕に首を回して切れ切れの声を上げる。

「か……和成さん、奥……奥を……」

茶の間では中途半端にしか奥に触れてもらえなかったせいで、腹の底がひどく疼いている。早く早くと和成を急かすと、すぐそばにある和成の喉がごくりと動いた。

大きく脚を開かされ、柔らかくほころんだ場所に長い指が押し入ってくる。それだけでたまらなく気持ちがよくて、指にしゃぶりつくように内側が収縮した。

「……っ、まるで反応が違うな」

和成が身を倒してきて暁生の首筋に顔を埋める。甘い香りでもするのか首筋で溜息をつく和成の呼吸はいつもより速くて、その息遣いにまた煽られる。

「あ、あっ、ひ、あぁ……っ」

指を出し入れされるたび、ぬかるみを掻き回すような音が室内に響く。ぐずぐずに蕩けた場所は指を増やされても難なく呑み込み、悦んで締めつけた。

「あ、あぁ、あ――……っ」

深々と奥を突かれて背中が山なりになった。もうまともな言葉も出ず、滴るような声を上げることしかできない。甘い匂いと過ぎる快感に意識が溶けてしまいそうだ。寄る辺を求めて涙声で和成の名を呼んでいると、荒々しく唇に噛みつかれた。

「ん……っ、んん……っ」

唇を割って入ってきた舌に自ら舌を絡ませる。口の中を蹂躙《じゅうりん》されながら奥を突かれ、節の高い指に内側をこすられて全身が慄いた。目の前が白くはじけ、声も出せず絶頂に押し上げられる。

暁生の体がびくびくと痙攣したのに気づいたのか、和成が口づけをほどいてくれた。ドッと息を吐いた暁生の目の焦点はなかなか合わない。すぐには絶頂の余韻から帰ってこられず、ときどき体が小さく跳ねる。体の奥にはまだ和成の指が残ったままで、その指を締めつけてはまた甘く極めた。

和成は暁生の息が整うのを待ってゆっくりと指を引き抜くと、乱れる呼吸を無理やり抑えつけるように大きく息を吐いて暁生の膝の裏に腕を差し入れた。

「……いけそうか」

脚を抱え上げられ、窄まりに硬い切っ先を押しつけられる。喉元まで期待がせり上がってきて息ができなくなった。小さく何度も頷けば、和成がぐっと身を乗り出してくる。

「あ、あぁ……っ」

硬い屹立が蕩けた場所に押し入ってきて喉を反らす。痛みも圧迫感もない。ただ途方もない充足感があった。ずっしりと重い熱を受け止め、またくらくらと達してしまう。

ようやく満たされた。求めていたものを与えられた。そんな想いが胸に押し寄せてきて、たまらず和成の腰に足を絡めて引き寄せた。

「……っ、おい、待て」

和成が切迫した声を上げるが、体が痙攣するように震えて止まらない。もっと奥へと誘い込むように内側が蠕動《ぜんどう》する。

くそ、と和成が口の中で低く悪態を吐いて、暁生の脚を抱え直した。身構える間もなく突き上げられ、びりびりと痺れるような衝撃が体を貫いた。

「あぁっ！　ひっ、あっ、あぁ……っ」

「……っ、すごいな……っ」

遠慮を捨てて暁生を揺さぶりながら、和成が感じ入ったような息をつく。上ずった声から興奮が伝わってきて胸が張り裂けそうだ。

「ああ、あ……、ぁ……ぅ……っ」

互いに全身汗だくで、濡れた体をぶつけ合う音が室内に響く。もうどこをどう突かれても気持ちがよくて、何度となく高みに押し上げられた。息を荒らげた和成に唇をふさがれればまたすぐに極めてしまってきりがない。

「ん、んん……っ」

和成に唇を貪られながら喉の奥でくぐもった声を上げた。深々と貫かれ、先端で奥を押し開かれて、熟れた果実が潰れるようにまた甘い蜜が溢れてくる。

指で絶頂に追い上げられるのも夢中になるほど気持ちが良かったが、和成自身に貫かれる快感はその比ではない。柔い肉が和成を包み込んでは何度も甘く締めつける。もっと奥

まで欲しくなって、内側が淫らに収縮するのを止められなかった。

和成の動きが大きくなってきて視界がぶれた。口づけがほどけて短い声が漏れる。もう目も開けていられない。体ごとぶつかるように突き上げられ、暁生はあられもない声を上げ何度目かの絶頂に至った。

「……っ」

和成の背中にぶるりと大きな震えが走る。和成も達したのだろう。汗ばんだ体がゆっくりとのしかかってくる。その重さすら愛おしい。

(すごい……甘い——……)

寝室に甘く重たい匂いが立ち込める。肌にしみ込んでしまいそうだ。濃厚な香りにくらくらと酔っていた暁生だったが、息を整えた和成が腰を引こうとしているのに気づいてとっさにその背を抱き寄せた。和成が離れてしまうと思ったら一瞬で心細い気持ちに襲われ、じわりと目を潤ませる。

「どうした」と顔を覗き込まれ、暁生は和成の背に軽く爪を立てた。

「嫌です、このままがいい……。寂しいです……」

鼻にかかった声で告げるが早いか、また唇をふさがれた。深い口づけに陶然として目を閉じれば眦から涙が落ちる。抱き寄せる腕の強さに安心して、このまま離れたくないと心底思った。子供の頃ならいざ知らず、こんな甘ったれた気持ちになるのは初めてだ。

口づけをほどいた和成は、互いの鼻先をすり合わせて機嫌よく目を細めた。

「きびきびとヒート問答をしていたときとはまるで別人だな。閨ではこれほど可愛げが増すのか」

普段なら可愛げなどないと言い返すところだが、今はただ和成の言葉が嬉しかった。愛しげに髪を撫でられ、その手に自ら頭をすり寄せる。

「どうした、甘えて。もう俺の前で気を張る必要もないからか？　そうだったら嬉しいんだがな」

囁かれ、頬に柔らかく唇を落とされる。再び腰を引かれそうになりぐずるような声を上げると「落ち着け」と苦笑された。

「やめない。体勢を変えるだけだ」

片腕であやすように抱きしめられ、ようやく和成の背に回していた腕をほどいた。ぐったりしつつも和成の手を借り、布団の上で四つ這いになる。すぐに後ろから和成に抱き込まれ、背中で感じる体温に安心しきって脱力した。

腿に硬いものが当たる。先ほど達したはずなのに、すでに和成は回復しているらしい。たちまち口の中に唾が湧いてきて、ごくりと喉を鳴らしてしまった。待ちわびて震える場所に、再び屹立が押し当てられる。

「あ、あぁ――……っ」

熱く潤んだ肉を掻き分け、深々と貫かれて、長く糸を引くような声を上げてしまった。

「満足そうだな」

耳の裏で、和成が笑いを含んだ声で言う。恥ずかしい。けれど次々と押し寄せる波のような快感に、羞恥は遠くに押し流されてしまう。

深く屹立を含まされたまま腰を撫でられ背中が反り返る。切れ切れの声を上げながら内に接するものを締めつければ、耳元に熱い溜息を吹きかけられた。

「たまらないな……」

弾んだ息の下から囁かれて腰が跳ねた。和成は少しも動いていないのに、腰から背骨にかけて甘い痺れが何度も走る。

それまでゆるゆると暁生の腰を撫でていた和成が、ふいにがっちりと腰を摑んできた。

「動くぞ」と短く宣言されて体が震え上がる。早く早くと肌がさざめいて、何度も首を縦に振った。

「ふ……、ぁっ、あぁ……っ！」

後ろから大きく突き上げられ、背骨から後頭部まで突き抜けていくような快感に目がくらんだ。奥まった場所に先端を打ちつけられるたび目の奥に火花が散る。

もはや声も殺せず、暁生は嬌声を上げて身もだえる。一突きごとに腹の奥が溶けて崩れていくようだ。腕で体を支えることもできず突っ伏しそうになったところで、胸の前で腕を交差するようにして和成に抱きすくめられた。

「……っ、噛むぞ、いいか…っ？」

和成の息はひどく乱れていて、声にもまるで余裕がない。それでも暁生に最後の決定権を委ねてくれる。ここで暁生が嫌だと言えば、きっと項は噛まれない。そう信じられるからこそ、なんの躊躇もなく項をさらすことができる。

暁生は深く首を下げ、涙の滲む声を上げた。

「噛んでください、早く……！　もう貴方以外のつがいになりたくない！」

「俺ももう二度と手放したくない！」

暁生の言葉尻にかぶせるように和成が叫ぶ。

項に息が触れる。硬い歯の感触に続き、首の裏に衝撃が走った。

まず感じたのは熱さだ。遅れて鈍い痛みがやってきて、それを追い越すように全身に熱が回る。体中の血が沸騰するようだ。

長屋で項を噛まれたときもそうだった。着物の襟元に火をつけられたような熱と焦燥。もう戻れないという絶望が全身を焦がし、自分の体が指先から夜の闇に染まっていくようだった。

けれど同じ熱さでも今回の感じ方はまるで違う。喜びで全身が震え上がり、次々と押し寄せる歓喜に呑まれて息もできない。

自ら選んだ相手とつがうのは、本来こんなにも幸福なことなのか。快感を塗りつぶすほどの多幸感に呑まれ、瞬きをするたび目の前に明るい光が飛ぶ。そのまま視界が真っ白になって、束の間、意識が飛んでいたらしい。

ふと目を開けると、和成に抱きしめられたまま布団に突っ伏していた。背後では和成が肩で息をしている。

「暁生……大丈夫か？」

暁生の髪に鼻先を寄せた和成が掠れた声で尋ねてくる。振り返る気力もなく、はい、と小さく返事をすれば、ほっとしたように息をつかれた。

「そうか、よかった。俺に対する拒絶反応は出なかったんだな」

一度は別のアルファとつがった身だ。つがいの解消だって前例がない。万が一のことも考えていたらしく、和成は心底安堵した様子だ。

「……よく考えたら、今はヒート中でもないし、項を噛んでもつがいにはなれないな」

和成の言葉に、あ、と暁生は声を漏らす。興奮しすぎてそんなことも失念していた。けれど項を噛まれた瞬間、確かに体が変化した感覚があって、暁生は掠れた声で呟く。

「でも、和成さんに噛まれた瞬間、全身が沸騰したようになりました……」

「そうなのか？　ヒート中でなくともつがいが成立する場合もあるんだろうか。お前の体は他のオメガと少し違うところもあるからな。後で詳しく聞かせてくれ」

言いながら和成は暁生の項に唇を寄せ、傷口に舌を這わせてくる。

「あ……っ、の……」

「ん？　痛むか？」

「いえ、あの……っ、あ……っ」

傷口を避けるように首筋を甘噛みされて、隠しようもなく感じきった声を上げてしまった。もうさんざん達したはずなのに、いともたやすく体に火がついてしまう。

ヒート中でもないのにさすがに乱れすぎだ。掌で口をふさごうとしたら、肩を摑まれ体をひっくり返された。

上から和成がのしかかってきて、至近距離から顔を覗き込まれる。研究者の血でも騒いだか。項を噛まれた直後の様子でもまじまじと観察されるのかと思ったら、違った。

「もう一度、いいか」

和成は研究者としての冷徹な顔をかなぐり捨て、ぎらついた目でこちらを見下ろしてくる。

暁生も初めて見る顔だ。こんなにも長く一緒に暮らしていたのに。和成はいつも暁生を優先して、自分の欲をこちらにぶつけてくることなどなかったから。

暁生はふらふらと手を伸ばして和成の顔を両手で包む。それを自分の方へ引き寄せながら、初めて和成と会った日のことを思い出した。

見合いの席ではどちらも仏頂面だった。アルファとオメガは一緒になるのが当然なんて馬鹿げているとお互い思っていたし、第一印象は最悪だったはずだ。

けれど相手も自分と同じことを考えているとわかってからは意気投合した。もしどちらかが相手にすり寄るような真似をしていれば互いの距離は縮まらなかったし、婚姻までこぎつけることもなかっただろう。互いに目的を同じくしていたからこそ、その後の結束も強まった。

半面、最初にあれほど強くアルファとオメガが一緒になることを否定していなければ、自分ばかりオメガの本能を振り切れなかったようで居た堪れなくなって家を飛び出すこともなかっただろう。そうなれば、見ず知らずのアルファに無理やりつがいにされることもきっとなかった。

だが他のアルファのつがいになったおかげで、和成に対する想いはフェロモンの影響ではないと確信が持てたのだ。あの経験があって良かった、とまでは思えないが、その結果和成がこの腕の中にいるのなら、辛酸《しんさん》を舐めた数年間だって報われる。

良かれと思って行動したつもりが失敗して、でもその失敗で見えてきたものもある。それはもう失敗とは言えないのかもしれず、だから人生は一概に言えない。何が最善かなんて、渦中にいるときは誰にも知り得ないのだ。

(今日まで歩いてきた道筋のどれか一つでも違っていたら、この人の唇がこんなに甘いこ

とも一生知らないままで終わっていたかもしれないんだから）
重ねた唇の甘さに酔いながら目を閉じれば、あっという間に和成がのしかかってきて熱に呑まれる。
初めて迎えるつがいとの合歓だ。闇に咲く梅のような濃厚な香りに閉ざされた部屋から、まだしばらくは出る気になれなかった。

＊＊＊

縁側の戸を開け放つと、年が明けたばかりの冷たい風が吹き込んできた。

新しい家の庭は生け垣の周りにいくつか庭木が植えられているが、花の類は一切ない。けれど春が近づくこの季節は、近所で咲く梅の香りが風に乗って庭先まで漂ってくることがある。

家事の合間に冷たい空気を胸いっぱいに吸い込んでいると、甘い匂いが鼻先を過った。

初春の空気に似合う凛としたその匂いに気づいた暁生は、部屋に取って返すと足早に玄関先に向かう。

「ただい」

「お帰りなさい」

玄関の引き戸が開くと同時に声をかけると、その向こうから現れた和成がぎょっとしたように足を止めた。出迎えた暁生を見て、改めて「ただいま」と声を上げる。

「よく気がついたな。足音でもしたか」

「いえ、なんとなくそろそろお帰りかと思いまして」

和成から外套を受け取りながら、暁生はしれっとした顔で答える。風に交じって和成の匂いがした気がしたので玄関先まで出てきてみたが、半分は勘だ。いくらなんでも垣根の向こうの匂いを嗅ぎ分けられるほど動物的嗅覚を備えているつもりはない。

「せっかくの日曜日にご実家から呼び出しとは、災難でしたね」

和成の外套を部屋にかけてから廊下に出てみると、和成の姿がない。茶の間にもいないので客間を覗いてみれば、和成が窓を開け放った縁側に座り込み、胡坐をかいて庭を眺めていた。その傍らに近づいて「どんなご用件でした？」と暁生は尋ねる。

「いつも通りだ。子供はまだかと」

「まだ諦めてないんですか」

呆れつつ、暁生も和成の隣に腰を下ろした。

和成と暁生がこの家に越してきてからそろそろ一年が経つが、徳則はなんだかんだと理由をつけては和成を実家に呼びつけている。

「アルファの孫なら、もうお義兄さんのお子さんがいるでしょうに」

「数は多ければ多い方がいいんだろう」

「俺、もう三十六歳ですよ。どう考えたって望み薄だと思いますが。離婚して新しいオメガを娶れ、なんて言われませんでしたか？」

庭先に鳥の声が響き渡る。和成は何も言わないが、沈黙が肯定のようなものだ。先ほどから不機嫌そうな顔でこちらを見ようとしないのは、きっと実家で聞くに堪えない暴言でも吐かれたせいだろう。和成と出会ってからもう十年近く経っているが、そうそう周囲の反応は変わらないものだ。

（子供か……）

暁生は和成の隣に座り、薄青い空に視線を向ける。

暁生と和成が本物のつがいになってからそろそろ一年。暁生としては初めて和成と体を重ねた日につがった気でいるのだが、和成は念のためと言って次のヒートでもしっかりと暁生の項を噛んだ。その痕は、今も消えることなくくっきりと項に残っている。

一生のうちに二人のアルファのつがいになるなど前例もないことだが、今のところ暁生の体調は良好だ。ヒートもこれまで通り定期的にきている。

ヒート時は常に和成がそばにいてくれる。長年ヒートは熱に浮かされて苦しいばかりだと思っていたが、つがいがいるだけであれほど甘美なものになるとは夢にも思っていなかった。

ヒートの間中、和成は本当に暁生を離そうとしない。その間は会社も休む。アルファやオメガの抑制剤を販売している会社だ。ヒート中の休暇にはかなり寛容らしいが、それでも一週間丸々休むなんて待遇がよすぎる。案外自分の知らないところで、和成と会社の人間が休暇を巡って丁々発止のやり合いをしているのかもしれない。

ともあれ、そうやってヒート中は毎回和成と睦み合って過ごしているが、暁生に妊娠の兆候はない。年齢のせいかもしれないし、別のアルファとつがったことがあるせいかもしれない。もともとフェロモン量が少ないせいもあるだろうか。

「子供は授かりものですからね」

それまでじっと庭先を睨んでいた和成が暁生に目を向ける。

「欲しいか？」

「どうですかね。子供がいたらいたで楽しいでしょうが、こうして二人で暮らしていられるだけでも幸せですし」

結局どちらなんだと言いたげな顔を向けられ、暁生は笑みを漏らした。

「俺が選んだのは貴方だけです。一番欲しいものが手に入ったんですから、その他は全部神様のお導きということにしておきます」

泰然と構える暁生の横顔を見て、和成も肩の力が抜けたらしい。そうだな、と棘の抜けた声で呟く。

「俺も、お前がいてくれるのならどちらでもいい」

少し眠たげな声に気づいて隣を見れば、和成の目元に隈が浮いていた。

「お疲れみたいですね。昨日も遅くまで起きていたんですか？」

和成は目頭を揉みながら、ああ、と呻くような声を上げた。

「つがいが解消された事例をうちの上司に報告したんだが、どうあっても認めてくれなくてな。詳細を説明するため実際の出来事を時系列に沿ってまとめていたら夜が明けた。お前に飲ませていた薬の内容からその後の体調の変化まで細かく……あ、でも、他人に見られてお前が嫌な思いをするような記述はしてないはずだ。後で確認してくれ」

慌てたように言い添えられ、「別に構いませんよ」と苦笑する。

ある一定の期間つがいと接触しなければ、つがいの関係を解消することができる。この事実が公表されれば世の中はひっくり返ると息巻いていた和成だが、現実は上手くいかない。つがいの解消なんて荒唐無稽《こうとうむけい》な話はあり得ないと、まともに取り合ってもらえないそうだ。

「前例のないことだから仕方がない。お前の体質が特殊だったせいじゃないかと言われたら反論もできないしな。だがうちの会社で作った抑制剤があればつがいと別れたオメガの余命も飛躍的に伸びるだろうし、そのうちお前の他にも実例が出てくるだろう。そうなったらようやく世間もこちらの話に耳を貸してくれるはずだ」

和成の言う通りに事が進んだとしても、実例がちらほらと散見されるようになるまでには七年近い時間がかかることになる。そのとき自分は何歳で、和成と結婚してから何年が経過しているのだろう。

来し方、行く末、どちらも遠く、暁生は小さな溜息をついた。

「ねえ和成さん、結婚するとき、世間に一泡吹かせてやろうって二人で話したこと覚えてますか？」

「したな。懐かしい」

「あれからいろいろありましたが、そう簡単に世の中は変わりませんね」

まあな、と和成も苦笑する。

「俺たち市井の人間の影響力なんてたかが知れてる。できるのは前例を作ることくらいだ」

「前例ですか」

和成は花もない庭先を眺め、うん、と頷く。花の代わりに、和成の甘い香りが仄かに暁生の鼻先まで届く。

「アルファとオメガのつがいも、ベータ同士の夫婦も、子供を作るためだけに一緒になるわけじゃない。いろんな形の夫婦がいていい。そういう在り方を世の人たちに見てもらうしかない」

帰宅した当初は険しかった和成の横顔が、話すうちにどんどん穏やかになっていく。

和成は誰かに自身の考えを語ることで思考をまとめていくところがある。その横顔を見守り、暁生も静かに相槌を打った。

「お前と結婚するとき俺は、アルファとオメガはつがいになるのが当然だ、なんて思い込みは悪しき風潮だと思っていたし、どうにかそれを蹴散らしてやろうとも思ってた。でも、アルファとオメガがつがいになること自体は悪いことじゃない。現に俺とお前もつがいになったし、そのことに後悔はないだろう？」

「もちろんです」

力強く肯定すれば、和成も「俺もだ」と笑った。

「お前と会うまで、俺はずっとオメガとつがうこと自体を嫌だと思ってた。でも本当に避けたかったのは周りに結論を押しつけられることで、苦しいのは、自分で選択できないことだろう」

和成がこちらに片手を差し出してきて、思うより先にその手に手を重ねていた。

長年上手く言葉にできなかった気持ちを、和成が言葉にしてくれている。そんな気がして一心にその言葉に耳を傾ける。

「俺たちは散々無茶な選択をしてここにいる。きっとこの先も一筋縄ではいかないことばかりなんだろう。だとしても、最後までこの手は放さないつもりだ。あんな風変わりな夫婦もいたが、なんだか羨ましいくらいに幸せそうだったと周りに言わせてやろう。そういう前例を増やすことで、俺たちみたいなはみ出し者も受け入れてくれる土壌が育ってくればいい」

　優しい力で手を引かれ、和成の肩に寄りかかった。肩を抱かれて目を閉じれば、すぐそばで花のほころぶような匂いがする。

「……確かに、俺たちみたいな無茶苦茶な夫婦が仲睦まじくしていれば、周りに何かしらの影響は及ぶかもしれませんね。雪彦君の例もありますし」

「俺たちを見て勇気づけられたとか言ってたか。確かにあの頃の俺たちを見たら多少の困難はどうにかなると思えるだろ」

「ご実家に帰ったとき、雪彦君にも会えましたか？」

「ああ、相変わらず底なしに明るくしてたぞ。一家全員元気にしてるそうだ」

　とりとめのない会話をしながら、暁生はこれまでの自分の選択を振り返る。

　和成と婚約すると決めたとき。この恋心はフェロモンによるものだと判断して家を出たとき。もうつがいにはなれないと知りながら和成の手を取る覚悟をしたとき。そして真実和成とつがいになる未来を選んだとき。

　選択は続く。そこで選んだものが最善かどうかはわからないが、選び続けることはできる。

　願わくは、この先はもっと個人が自分の意志で何かを選べる世の中であってほしい。

「梅の匂いがするな。もう春だ」

風に乗って庭先に届く梅の香りに気づいたのか、和成が嬉しそうに笑う。

この人の隣にいることを自分は選んだ。選べたことは幸いだった。

これからも、迷いながらも選び続けたい。

できるなら二人で。互いに身を添わせながら。

冬を越した庭先に甘い香りが漂う。

梅とも和成の香りともつかない愛おしいそれを、暁生は胸いっぱいに吸い込んだ。

■あとがき■

あまりに歴史に疎すぎるので、最近楽しく歴史が学べるラジオなど聞き始めた海野です、こんにちは。

家事の合間に一日三十分ほど聞いているのですが、勉強というより歴史が好きな人たちが和気あいあいとお喋りしている感じで、耳を傾けているだけで大変楽しいです。歴史の偉人や、大きな転換点にスポットを当ててくれるので、歴史全体の流れに疎い私でも「その人知ってるぞ！」「この前聞いたあの話の続きだな？」と思えてこれもまた良いです。

とはいえまだまだ歴史に関する理解が浅いので、時代を遡ったお話を書くときは毎度苦労します。

今回の舞台は明治時代。加えてオメガバースもの。ということは、オメガバースに関する知識が海外から大量に流入するに伴い、日本と各国との関わり方も史実とは変わってくるのでは？　他にも科学の進歩とか現実とは異なるのでは。アルファやらオメガってギリシャ語だから、この時代の医療先進国はギリシャってこと……!?

などとあれこれ考えた結果わけがわからなくなってしまい、「もういい、これは明治パラレルワールド」という結論に落ち着きました。歴史について勉強している、的な導入が台無しになった自覚はあります。

ということで今回は、明治っぽい日本が舞台のオメガバースものでした。時代が時代なので、子供の産める男性オメガは周囲から問答無用で女性として扱われそうだな、と考え、男性同士で婚姻する場合も『夫婦』の表記を用いています。

そんな具合にあれこれ試行錯誤した今作のイラストは、伊東七つ生先生に担当していただきました。

今回は想定以上に増えてしまったページをどうにか削るべく悪戦苦闘していたのですが、そんなとき伊東先生からいただいたラフがどれほど心の支えになったかわかりません。暁生の大らかで明るい笑顔を眺めては目尻を下げ、和成の美貌を見ては興奮して胸を押さえておりました。素敵なイラストを本当にありがとうございます！

末尾になりますが、この本を手に取ってくださった読者の皆様にも御礼申し上げます。

毎日は選択の連続で、あのときああしておけば、こうしておけばとくよくよすることがよくあるのですが、歴史の勉強をしていると「今目の前で起きていることの善し悪しなんて、もっと先の時代から振り返ってみないと判断がつかないよな」と思うことがよくあります。皆様におかれましても、今日の失敗が未来の成功の伏線でありますように。

それではまた、どこかでお会いできることを祈って。

海野　幸

初出
「結婚したけどつがいません～アルファとオメガの計略婚～」書き下ろし

CHOCOLAT BUNKO

この本を読んでのご意見、ご感想をお寄せ下さい。
作者への手紙もお待ちしております。

ショコラ公式サイト内のWEBアンケートからも
お送りいただけます。
http://www.chocolat-novels.com/wp_book/bunkoenq/

結婚したけどつがいません
～アルファとオメガの計略婚～

2024年9月20日　第1刷

著　者:海野幸
発行者:林 高弘
発行所:株式会社　心交社
〒171-0014　東京都豊島区池袋2-41-6
第一シャンボールビル7階
(編集)03-3980-6337 (営業)03-3959-6169
http://www.chocolat_novels.com/
印刷所:TOPPANクロレ株式会社